JN164548

モダニズムの遠景

——現代詩のルーツを探る

中原秀雪

思潮社

モダニズムの遠景

現代詩のルーツを探る

中原秀雪

思潮社

目次

装幀＝宮下香代

モダニズムの遠景

春山行夫が、季刊詩誌『詩と詩論』でめざしたものは、自然発生的な詩作への「アンチ」である。つまり、「知」をベースに詩の意識的な方法化を企てたと言って良い。それは、あらたな「詩」への問い直しでもあった。結果として、詩人は、韻律を詩から切り離し、イメージの美を創作する技師となった観がある。それも、当時の詩的言語の混迷や停滞、さらには情緒的腐敗を危惧したからである。そのことが、言葉の意味の希薄化や現実遊離に拍車をかけた格好になっている。その出発点に「現代詩」の源流が形成されていることは記憶されて良いことである。時代は丁度、「自然」に寄りかかった無意識としての「田舎」から、意識過剰な「都市化」へと推移する不安な時代にあった。

丸山薫は、こうしたモダニズムの詩運動に影響をうけながら、自らの内面を物と物との関係の中に位置づけ詩を形象した。ただ、彼がひきこもりの内向者にならなかったのは、仮想世界に基点を置いて現実への「批評」を内部に蔵していたからである。

金子光晴は、悲惨で苛酷な無銭の放浪生活から、理想としてのビジョン＝「卵」の殻のこわれた世界にいた。彼は破れ目からあらわれた「猥雑な生」を生きることで、日本に初めて「創造的虚無」と「社会的現実」を海外から持ち帰った。国や社会的組織と対峙する私的怨念こそ彼の思想的立ち位置である。金子は、西欧の詩の様式を解体し、モダニズムの「装飾」や「意匠」を取り払っている。

戦後、詩は、意味の希薄化から意味の回復にシフトし、「倫理」を持ち込んだり、「感受性の祝祭」や「変革の夢」を謳歌した時期もある。メタファーの過剰からイメージ依存を避けて、個々の小さな抒情に拡散する現在は、言葉にとって受難である高度情報社会や消費社会のただ中にある。「現代詩」の意匠の脱皮は様々であるが、時代精神も容易に無視できるものでもない。詩的特権という手形が失われた後で、単なる技術論でこの難題を乗り超えかねている。「生き様」という曖昧な様態でしか、その回答は見つからないような気さえするのである。もちろん、生の根源に根ざした「生命」を口にするにしてもである。

中原　秀雪

第一章　丸山薫　素描
俯瞰する孤独な夢想家

Ｉ　夜の航海と「物象との特異な交感」

丸山薫がソウルに赴任する父に従い、一家と玄界灘を渡ったのは、明治三十八年満五歳の初夏であった。落日の残照の後に夜が来て、船はその闇の中をにぶい汽笛を響かせて出航したと言う。このあたりの経緯は八木憲爾著『涙した神たち――丸山薫とその周辺』に詳しい。丸山はその時の回想を随筆「緑の大砲」のなかに次のように書いている。

「僕は他の詩人より比較的多く海洋や航海の詩を書いてきた。その理由を問われて、われながら、なにやらもっともらしい理屈をつけて、幼少年時代から目まぐるしく諸方を転住している間に、いつしかエトランゼエとしての気持が自分のなかに育って、海への憧憬へ追いやった、と書いたこともあるが、やはり玄界灘を渡った船と海が、幼な心に強烈な印象を刻んだのだ。

あれから船が好きになって、海はその船キチから敷衍《ふえん》された僕の夢なのだ」。

この夜の航海が、彼の記憶に残る最初の旅の始まりだったように思われる。父は程なく韓国総監府の初代統監・伊藤博文のもと、統監府参与官兼警視総監を拝命することになる。その後、父の転任と死にともなって小学校を東京、松江、東京、豊橋、など五回も転校している。特権を持つ裕福な者の子として転任先の土地の子どもたちとも馴染めず、「よそ者」としての疎外感や孤独感を心の中に育てていたことは確かだ。こうした幼少年期を過ごした彼の中に「エトランゼエ」（異郷の人）が育ったにしても不思議はない。

ただ、この「エトランゼエ」が直ぐさま「海への憧憬」へと結びつけられる話は少し出来すぎていると丸山は言う。この玄海灘の夜の船旅こそが、彼を「船キチ」にし、その延長上に「海への憧憬」を育てたのだと。言わば、闇と灯との幻想を突き進む航海の記憶が、未知への不安と愉悦とともに幼い脳裡に強く焼き付いたのである。

この逸話は詩人・丸山薫の「物象との特異な交感」をよく示しているように思われる。彼は「幼い頃の私には、天地自然の間、こわいものばかりだったように憶えている。万物ことごとく不気味であり、それら眼に見えない恐怖のつまった空間にポツンとひとり放り出されているような不安とおびえを、絶えず漠然と感じていた」（「私のこわいもの」）と書いている。この人並み外れた臆病さと恐怖心は、成長してからも永く心のどこかに残っていたと言う。「いまも私は自然の事物や現象を或る種の畏怖なしには体験出来ない。山川草木、そこになにか神格的なものを感じたり認めたりしようとする」(「私のこわいもの」)。

ここで語られている体験は、所謂アニミズムに近いものである。万物に魂が宿るとする精霊信仰にどこか良く似ている。自然の事物が醸し出すカオスと自分という形も定まらないカオスとの衝突。この衝突の恐怖の中で、自他が誕生する不思議な場所を共有することになる。それは、かつて古代人が、「物」と出会い、恐怖と驚きとともに「物」を認識する自然な在り方だった。いわば、「野生の認識」である。丸山薫は、そうした稀に見る資質を備えていることで、自分を超えた聖なる魂の広がりのなかに立ち入ることが出来たのだと思う。

こうした「物象との特異な交感」は、彼の詩に際だった独自性を与えている。この詩人について語られるたびに引用される『物象詩集』の自序の文章ともそれは共鳴しあっている。「この詩集を編むに当たって、私は自分の作品に一貫して流れている一つのつよい傾向を看取することが出来る。それは物象への或るもどかしい追求欲とそれへの郷愁の情緒である。それこそ私に詩を書かせる動機となり、また自分の詩をそれらしく特色づけているものだろう。それ(中略)しかも詩を企てるとき、心にたたみかかってくるものは物象の放射するあの不思議な陰影である」。

彼は詩的創造を促す気持ちの基礎となっているものを含羞を込めて「未開野蛮な性格」と呼んでいる。

II　詩集『帆・ランプ・鷗』と俯瞰の視点

処女詩集『帆・ランプ・鷗』が刊行されたのは昭和七年十二月、丸山薫三十三歳の時である。堀辰雄、三好達治、と三人で共同編集した月刊『四季』は昭和九年十月の創刊であるからまだ世に出ていない。丸山は「四季」派に共通するいわゆる「主知的抒情詩」が全国に流布する以前に自分の詩のスタイルを確立させていたことになる。彼に少なからず刺戟をあたえたのは昭和三年九月に創刊された季刊詩誌『詩と詩論』であろう。この『詩と詩論』については大岡信の『昭和詩史』の中に詳しい。彼はこう述べている。「『詩と詩論』は、昭和詩の基本的な骨格を形づくる上で非常に重要な役割をはたした雑誌である」「結局のところ、同人たちの最小限の共通目標は、旧世代の詩を『無詩学時代』の詩としてこれを弾劾、追放すること、詩を純化し緊密な言語構造体とすることによって詩を主として表現の面から変革してゆくことにあった」（『昭和詩史』）と。

こうした新詩精神（エスプリ・ヌーヴォ）の熱っぽい飛沫を浴びて若き丸山も言いしれぬ興奮を覚えたことだろう。それは当時の彼の「一切の古い詩の考え方を土台にせず、真に『新しい』詩をめざす」という言葉からも察せられる。丸山は昭和三年には大学を中退しており「詩人」として生きることの新たな決意もそこには窺うことが出来る。丸山の処女詩集が、初期詩編の『幼年』ではなく、詩集『帆・ランプ・鷗』であったところに並々ならぬ彼の新しい詩のスタイルへの自信が読み取れる。それは彼のなかに詩作の方法と形式への新しい発見があったからに違いない。詩集出版の経緯を語る丸山の言葉の中にそれを感じ取ることは容易である。「昭和初期に擡頭した『詩と詩論』を中心とする新詩精神の影響は、一応、自分の詩の形式の上に凝縮《ぎようしゆく》作用をおこさせ、それまでの情景主義のロマンティスムを心象的に内向させた。その結果が処女詩集『帆・ランプ・鷗』であって、雑誌『セルパン』に時々寄稿していた関係で、書房主長谷川巳之吉氏の好意により出たものであった」。次の詩は処女詩集の中の作品である。

離愁

錨の耳に鷗が囁いてゐる。
不意に――言葉もなく錨が滑り落ちる。
驚いて鷗が離れる。
瞬間、錨は水に青ざめて沈んでゆく。
鷗の胸に残つた思ひが哀しい啼き声になつて空に散る。

錨と鷗が一体としてあった調和的な風景が、突然前ぶれもなく失われてゆく。錨が滑り落ち、驚いて鷗が離れることで。この鷗と錨との一瞬の関係を、心のカメラは、自己の内的心象として冷静に描いている。滑り落ちる錨と、空に散ってゆく鷗の哀しい啼き声は、対照的に美しいイメージを形成し、お互いを際立たせている。離別の哀感をこのように客観的に、簡潔にイメージ出来る詩人の内面の燃焼と作品として残る冷徹で透明感のある詩に感銘を覚える。遠く距離を取りながら、静かにカメラ・アイが捉える映像、表現としてそれは、「比喩」とも単純な「象徴」とも呼べないものだ。彼は、「物」の関係を説明しようとしたのではなく、外界と内面の衝突する接点をとおして「物」に分け入り、つかみ取った未分化な情感を知的に統御しようとしたのである。激しく揺れ動く感情を制御し、冷静に構成する知的な力が圧倒する詩作の瞬間である。この意味で丸山が、「私の詩作法」のなかで書いている「詩が心に漲《みなぎ》ってくるとき、情緒と理性の烈しき相剋《そうこく》に堪えかねて立っておれず、意気地なくもふとんをかぶって臥てしまうことすらある。それほどに詩は私にとって苦しい興奮でもあるのだ」という文章はよくわかる。最終行の抑制の効いた見事な表現には逆に胸を締め付けられる思いがする。そこにはかつての「旧世代の詩人たち」のむき出しの感情の流露や詠嘆はない。彼の言う「新しい詩」とはこうした詩作方法と形式を備えたものであった。昭和初期において、それは清新で目が覚めるものがあったろう。

それだけでなく、彼は所謂「イマジスト」でなく音韻に対しても十分な配慮をしている。末尾の終止形による「る」の反復と進行形の「沈んでゆく。」の配置と響きが心象を結びやすい音韻になっていることも心に留めるべきである。いずれにしても心に残ることは、物の「一体」からの喪失である。そこには哀切なくらい郷愁がにじんでいる。丸山の詩の独自性は、この「物象への特異な交感」にあると思われるが同時にそれが難解さにもなっている。丸山を「海洋詩人」として理解し楽しむことも良いことだが、一歩踏み込むと彼の物を見る視点が孤独な夢想家（ファンタジスト）のつむぎだす思想になっていることは、彼を安易にポピュラーな詩人にさせないものがある。

「摑めさうで、だが姿の見えないのは、首に吊したランプの瞬いてゐるせゐだらう。／私はランプを吹き消さう。／そして消されたランプの燃殼のうへに鷗が来てとまるの／を待たう。」

詩作過程のモチーフの追求あるいは世界認識の方法の真実を思わせる詩「帆の歌」のなかの一節である。「姿の見えないのは、首に吊したランプの瞬いてゐるせゐだらう。」という詩句は日常経験する感覚としても共感できる。当然のことではあるがそこには光と闇が作り出す新鮮な驚きがある。ランプは普通、暗闇の中で物を見るために灯されるものではある。だがそのために見えなくなる領域・闇が周囲に生じるという矛盾は、実感としても科学理論としても納得しうるし、童心の素朴で新鮮な発見でもある。

また、詩「ランプの歌」に「私に見えない闇の遠くで私を瞶めてゐる鷗が啼いた。」という詩句がある。ランプには見えない鷗の高所からの視点がここにはある。この「俯瞰」とも呼びうる鷗の眼からは「ランプと帆ははつきり見える。」と表現してもいる。併せて「凍えて遠く、私は闇を廻るばかりだ」とも。ここに丸山の高い所から広く全体を見渡すという「俯瞰」の視点が明確に語られている。孤独な夢想家（ファンタジスト）は、はるかな距離と時間から凝視することを通して、光と闇が交錯する物象の陰影から幻想を生み出す詩人である。この丸山の立ち位置こそが、童話《メルヘン》を描きながら認識を語る「思想」詩人と呼ばれる所以だろう。彼の眼はさながら、映画の一シーンを取り続けるカメラのようにも働いている。丸山の度々引用され有名になりすぎた詩「砲塁」にも、彼の「俯瞰」の視点と映画のようなカメラワークが感じられる。

砲塁

破片は一つに寄り添はうとしてゐた。
亀裂はまた頬笑まうとしてゐた。
砲身は起き上つて、ふたたび砲架に坐らうとしてゐた。
みんな儚《はかな》い原形を夢みてゐた。
ひと風ごとに、砂に埋もれて行つた。
見えない海——候鳥の閃《ひらめ》き。

この詩について三好達治は「空想的虚無的」とし「『見えない海』『候鳥の閃き』」を「無用の用」と皮肉な論評をくわえているが、有用の用であるだろう。この表現により、もともとこの砲塁は海に向けて据え付けられた砲塁であったことがわかる。それが長い歳月を経て風雨に曝されて崩れ、目的を失って砂に埋もれようとしている。砂は堆く重なっているため海は見えない。時折見えるカモメなど候鳥の閃きで遠くに海を感じることができる。生滅し流転する現実世界の物象が、「儚い原形を夢みる」という心象は悲しく空虚でもある。この悲しさと空虚さを生きる孤独な夢想家がここに存在する。遙かな時間を超えて凝視するこの詩人の眼は、映像をゆっくりと逆回しする映画の手法を援用しながら遠方を見据えている。「私は、いつも近くに在るものを無視し遠方にあこがれる子供になっていた。」(「伊良湖岬」)と述懐する青少年期の心境に詩人はたえず立脚している。それは、ややもすれば現実からの「逃避」とも受け取られかねないが、「現実」への静かな批評を含んでいるとも考えられる。彼にとって「現実」とは、身辺の実生活を指すのではなく、言葉という仮想現実が構築するイメージを創造することであったであろう。「物象が放つ不思議な陰影」という気配の感触から幻想を生み出す詩人は、心の底に「批評」を秘めていた。詩は「批評」であると言った小野十三郎が「風景に即して想いを述べた私の一連の詩は丸山さんのこの手法に負うところが多い」(「同時代のころ」)と述べているのはあながち唐突なことではなかろう。

ともあれ丸山薫は、萩原朔太郎の評する「『原形』に帰ろうとするイデアの儚ない意志と希望」により、悲しく空虚な人生を支えていることは確かだと思う。
ただこの孤独な夢想家はいつも生真面目に詩と対応しているわけではない。酔っ払って俗謡を口ずさみ戯けてみせるような所作も心得ている。詩「ランプと信天翁」にはその様子が散見される。

青い海飛ぶ信天翁は
日暮れりや　マストのランプに化ける。
暗いマストの航海ランプは
夜明けりや　海の信天翁にかへる。

信天翁がランプか
ランプが信天翁か
信天翁もしらない
ランプもしらない

でももし　暗いマストの航海ランプが
夜明けて海へ帰らなかつたら

でもし　青い海飛ぶ信天翁が
日暮れてマストに戻らなかつたら

広い海には信天翁が一羽ゐなくなるだけだが
ランプの灯らない三檣帆船《パーク》のマストは
闇の波路を　なんとせう

二行ごとの同音反復の調べが童謡風である。「日暮れりや」「夜明けリや」という言葉が、「ラング」ではなく話し言葉の「パロール」になっていて装いも軽やかで親しみやすい。「信天翁《あほうどり》」は「日暮れりや　マストのランプに化ける。」という一節も実にナンセンスで面白い表現である。その際「信天翁」と「ランプ」の関係は、「比喩」ではなく交換可能な物象になっている。そのことに違和感がないから不思議である。丸山の魔法のトリックにかかると嗜好品もある種のメルヘンに化けてしまう。その時間帯は、光と闇が交錯する夕暮れや夜明けであることが多い。それは、「物象が放射するあの不思議な陰影」と邂逅する時間と重なり合うからだろう。

二連の四行は、とぼけたユーモアが感じられる。このユーモアも「旧世代の詩人たち」には余り見られなかったものである。「でももし」の例えの数学的論理の中に見られるパズルを解く知的遊戯は、西欧のモダニズムの影響が強く感じられ、成り行きまかせの「船乗りの唄」の諧謔と遊びの精神は伝わってくる。繁みと牛の鳴き声と風の関係を書いた詩「風」も同じ地平にある。また当時流行した短詩・新散文詩運動の影響からか「河は黒く――白い花を一輪、胸に灯してゐる」という「黄昏」と言う一行詩がある。洒落ていて垢抜けした短詩である。「エスプリ・ヌーボー」の渦中にあった証しとして壁に飾る一幅の細長い絵画のような作品である。

丸山の知的好奇心と詩的渇望は、この第二の「文芸復興」とも呼べる時期に多くを吸収し創作の栄養にしたようである。A、B、C三名の見た夢の会話で構成された詩「夜明け」は、奔放で超現実的なイメージが放散され実験的な童話になっている。「象を鼻の孔から覗くと、中は暗箱のやうな曠野の空で、遠くに豆電燈ほどの星が一つ瞬いてゐた」「私は装飾電燈《シャンデリア》まばゆい客間や機械が嵐のようにそよいでゐる仕事場をいくつか通り抜けた。出て来た場所が以外にも真闇な鯨の顎だつた」「私のはまた、その象と鯨の尾を繋いでおいたら、知らぬまにびつしよりと汗をかいた銀杏の大木に変化した」。象と鯨と銀杏の大木と言う一見つながらない「物」たちが、夢の想像力の中で奇妙に結びついて不思議な世界を出現させている。

ここでも湧き上がる幻想あるいは「睡りの中の得態のしれぬ魔物」の棲む「夢」を、いったん制御し知的に整理しイメージとして構成する手法は変わらない。広く知られている詩「河口」「錨」「霧」等の斬新なイメージの展開と基本的には通じるものがある。確かにこれまで評されているようにこれらの詩の「物語性」は豊かであるが、ただ丸山の場合、言葉の意味の論理よりも、絵コンテを描きながら撮り進む映画監督のようにイメージ＝映像の論理で詩を構成し物語性を付与しているのが特色である。こうして見るとたぶんに丸山は、日本の近代詩の抒情の変革に大きく関わった詩人の一人であることがわかる。詩の抒情性は、これまでの語数音律による「詩の音楽性」から「イメージ」によって表現されるようになったからである。村野四郎のこのような理解は次の文章でさらに明確になる。「もう詩の抒情は『歌われること』によらず『思い浮かべること』によってなされる、いわば、歌うことによる陶酔の美学から、イメージによる思考の美学へと変わった」（「近代抒情詩の形成」）。この一文は、まさに丸山薫の詩についての解説にもなり得るし、また所謂「現代詩」の変革という歴史的な位置づけと課題を見通した記述にもなっている。詩集『帆・ランプ・鷗』は、「物象との特異な交感」と「俯瞰する視点」とを軸に新詩精神の飛沫を浴びて出発した。この処女詩集は豊かさと多様性と清新なイメージの中に未知数の魅力を放っている。

III 「行為と生活」と「リアルな眼」

玄海灘を貨客船で渡った幼少年期から、船と海への心を焦がすような思慕・水夫への夢は、病気による東京高等商船学校退学で挫折している。ただ、生涯のうち二度その願望が叶えられたことがある。ひとつは、一九四一年に中央公論社の特派員として練習船「海王丸」に乗り込んだ南海の船旅である。他の一つは、一九五五年、山下汽船の貨物船に乗船した豪州航路の約二ヶ月の旅である。

航海詩集『点鐘鳴るところ』や詩集『連れ去られた海』の一部が船旅の詩の結実である。

空も洋上《うみ》も染めたやうに蒼い水曜日の午前
涼風が吹いて　長濤《スエル》が大きく上り
風下当番《かざしも》が喚いて船内を駈けぬける
「総短艇部署につけ！」
「総員上甲板へ！」

僕は急いで上衣を着る
棚からライフジヤケツトを卸ろしてつける
靴を穿き　帽子をかむり　毛布を一枚抱《かか》へて
一気に士官昇降口《サロンエントランス》から後甲板にとび出る
僕の乗るのは船尾の第五号艇だ

むくむくと膨《ふく》れあがり

（「総短艇部署」第一・二連）

舷墻《ブルワアク》から差し出した己《おれ》の掌のひらに
あわやとどくかと思う途端に
するりと身を跼《かが》めて逃げていく
泡も立てず　飛沫《しぶき》も散らない
黙りこくつた巨《おお》きな浪

船尾の大舵輪は
浪から生えたように重い
若い屈強の水夫が
二人掛りで廻している
腕いっぱいに
くるり　くるり
僕は思わずミズンマストを見上げる
船が廻る
いや　船は廻らない
高いローヤルスルを軸に
雲がしずかに廻り始める

（「浪」第一連）

しだいに　蒼穹《そら》が　大洋が
ああ　世界が廻り始める
（「舵輪」）

註　ミズンマスト＝第三檣。ローヤルスル＝最上帆。

航海詩集『点鐘鳴るところ』の中から、詩「総短艇部署」、「浪」の数連と「舵輪」一篇の引用である。士官と水夫、練習生たちのきびきびした行動と明確な指示・命令が、端的に表現されている。「声」と「行為」の具体や事実に眼は注がれ、自然への表現も装飾を取り去って、変化の連続が静止画像のワンシーンとして丁寧に客観的に辿られている。詩人も単なる傍観者でなく行為を海員とともにし、海を走る船と一体になっている。そのためか幻想や空想は健在だか、いくらか鳴りをひそめていて、リアルで科学的な「眼」が顔を出している。波も風も空もその物象の変化を丁寧に追い、操舵の力強さを含め、海員の生活や仕事は航海の経験に支えられた実感のこもった表現になっている。そこに比喩も象徴も要らない、行為としての確かな手応えが丸山の中にあったのだと思う。「ああ　無量の愉悦！／だれよりも現在　僕は太平洋に近くゐる！」（「総短艇部署」）という詩句に見られるように、少年期の憧憬が叶ったこの航海の喜びが全編に溢れている。この輝きに満ちた航海を特派員として何を伝えるかは明確であったはずだ。ともかく丸山にとってこの航海は至福の旅であったろう。彼は歓喜の頂きにいて「誰よりも現在《いま》　僕は少年冒険小説の中にゐる！」（「総短艇部署」）と興奮気味でいる。青少年期に読み耽った押川春浪、江見水蔭などの冒険小説や探険譚、ロビンソン・クルーソーの漂流記やシャクルトン中尉の南極探検記。その後スティブンスン、コンラッドなどの海洋文学も、海への憧憬を一層かき立てた題材である。その虚構を現実の航海で生きることが、表現を簡潔でシンプルなものにしている。余分な装飾が取り払われているのである。それは、現実を幻想化するのでなく、幻想を現実化する行為そのものが、追体験を超えてリアリティーの充溢を感じさせるためである。言わば、踏み込んだ行為の重さが、内的充実を支えているのである。

また、ここでは、丸山の詩を書く立ち位置が大きく変化している。つまり「陸からの思慕の中で」海をうたうのではなく、「海の生活の中で」海員の心をうたうことに集中している。そこには装飾も曖昧さも韜晦もない、「俯瞰の視点」さえも具体的な行為の中でリアルな「眼」に変っている。

同様に詩人が、「事実」に引き寄せられて写実に近いリアルな「眼」で透視し表現した作品群がある。それは、詩集『北国』と『仙境』に収められている。東京で戦災を受け、一九四五年の四月に山形県西村山郡西山村岩根沢に疎開し、岩根沢国民学校の代用教員として教鞭をとった時期の作品である。この風俗、習慣、文化の大きく異なった北国に、三年余り暮すことになった詩人が発見したものは、荒々しい自然のもとでの人間の「生活」であった。雪深い山村での人々の暮しであった。この暮しの厳しさが彼の詩想に大きな影響を与えたことは確かだ。

雪のふる日
谷底の部落で
静かな祭りがある

太鼓も鳴らない
提燈《ちようちん》も点《とも》らない
ただ　家の中で
臼音だけがきこえる

息子が杵《きね》を振り上げる
娘達が餅をちぎつて
それを山の神の祠《ほこら》に供える

神さまは嶮《けわ》しい崖を背負つて
つもる雪の中に
いらつしやる
ひつそりと鳴りを鎮めて

仄青《ほのあお》い夕暮の中に
いらつしやる

（詩集『北国』所収の詩「静かな祭」）

雪深い北国の素朴な祭りである。特別な身支度やしつらえがあるわけでもない。生活そのものが山の神とともにある。この厳しく荒々しい自然に囲まれた生活のなかで、収穫した米を餅について山の神に供える。山の神がもたらす恵みと生きていることの感謝とささやかな願いが、この「静かな祭」にはある。詩人は、優しく生活者と同じ眼差しをこの習俗と生活に向けている。風俗、習慣、文化の異なるいわば「異郷」とも呼べる地で暮しの奥にある人々の生き方に感動している。そのため、「自然」「生活」を坦々と捉え、観察や経験が技巧を超えて詩的リアリティーに触れている。丸山は、無意識のうちに表現の巧みさに酔うよりも、ありふれた言葉で、厳しい「生活」を生きる人々の吐息を伝えようとしたに違いない。

ああ　山の礫畠《いしころ》をおこす農夫達は
きょうも崖の斜面に額をすりつけ
終日鍬《くわ》をふるつている
そして　時折
自分達の宿運を掘りあてては

それを摑んで抛り投げる

（「宿運」終連）

目の前の現実を見詰める詩人の表現の手応えは、もはや修辞を排し技巧を超えている。荒地を耕す農夫達の徒労とも思える労働は、無数の礫《いしころ》との空しい闘いである。それを「宿運」と捉える詩人は、そこに農夫達の受け入れざるを得ない宿命とそれをはね返す逞しさを見たのだと思う。「稼いでも稼いでも追い付かぬ生活《くらし》のために／毎日終日《ひねもす》を働きぬいた」（「山の媼」）人々の現実に、両足で踏ん張る強靭な執念を見ている。だから彼はここで幻想は紡がない。幻想よりも確かで胸を打つ「現実」があるからであろう。現代詩は時に、このことを忘れている。ありふれた言葉や陳腐な表現を避けたいという想いから、表現の袋小路に入り込み伝えたいことを喪失している。詩と読者の分離はこうして始まった。自己の表現に満足することと、他者に伝えたいことが確かに伝わっていることとは別な話である。自分の表現に納得できないということよりも、他者に伝わるものの確かさを大事にするという意識が希薄である。自己の感覚や情緒に執着することでより直接的な他者との交流を図ろうとして逆に断絶している。それは、詩が自己慰安のために書かれているからである。自分なりの詩の基準が変るほどの「行為」や「生活」を経て、詩の個人化も純粋化もイメージ依存症も治癒されうる。丸山の詩の展開と深化はその点自在である。

ふり固まつた冬の雪の上に
柔らかな春の雪がつもり
新らしい雪は古い雪になずまず
麗《うら》らかな日の午前
不意に　沢の斜面を辷《すべ》り始める
なんの物音もなく　寂《しず》かに
しかし　きららに　魔の速さで
それは切立つ崖から
絵のような煙となつて
谷の底へ落ちちらばう

谷底の楢《なら》の木の洞《うつろ》から
空を覗《のぞ》いていた仔栗鼠《こりす》が一匹
こつそりと息絶える

（詩集『仙境』所収の詩「早春」）

早春の雪崩の精緻でスピード感のある立体的な描写と一匹の仔栗鼠の死から、循環する自然の生と死の再生劇を感じ取ることができる。前半の「俯瞰」ともとれる「巨視」の視点と後半の身近かな「近視」の視点が対照をなしている。丸山の場合、絶えず全体を見回し非日常からの「俯瞰の眼」と部分をとおして日常の詳細を見る「リアルな眼」とが同居している。彼が自己慰安の密室に籠もらないのはそのためかも知れない。

詩人・丸山薫は、「地球という孤独な天体の中にいるのだという自覚」から、宇宙の際限のない寂しさの中に点在する物に象《かたち》と心を与えるという厳しさと受容力を持ち続けた。イデアと理想が衰退した時代にあってもである。彼は凍てつくほどの孤独の中に、あるいは深い絶望の淵にあっても、避けがたく湧いてくるほのかな希望のようなものに厳しく問い続ける。生きているということをである。

岬の断崖に
あらしを切つて辿りつき
そのまま岩間に墜ちちらばつたうみどり達
夥しいその屍

そのやうに
焦燥の海に詩を書きつづけて
いつかは私も命果てるであらう

運命の狭霧のかなたに
在るがごとき燈台のランプよ

ああ　なんのためにだ！

詩集『花の芯』の中の詩「うみどり」からのメッセージである。

参考文献

現代日本詩人全集⑪　創元社　一九五三年十一月
現代詩文庫 1036　丸山薫詩集　思潮社　一九八九年二月
日本詩人全集㉘　新潮社　一九七七年五月
日本の詩集⑬　丸山薫詩集　角川書店　一九七八年八月
丸山薫・詩集・連れ去られた海　潮流社　一九六二年十一月
詩を読む人のために　三好達治　岩波書店　二〇〇九年六月
昭和詩史　大岡信　思潮社　二〇〇五年一月
現代詩人論　大岡信　講談社文芸文庫　講談社　二〇〇一年二月
涙した神たち丸山薫とその周辺　八木憲爾　東京新聞出版部　一九九九年十月
蕩児の家系　大岡信　思潮社　一九七五年一月
現代詩史の地平線　秋谷豊　さきたま出版会　二〇〇五年十月

現代詩入門　関根弘　飯塚書店　一九六六年三月
アニミズム時代　岩田慶治　法藏館　一九九三年六月

第二章　春山行夫　覚書

モダニズムの旗手とその悲劇

Ⅰ　詩誌『青騎士』周辺

一九六八年六月、春山行夫は杉浦盛雄の著書『名古屋地方詩史――現代詩の形成と展望』の序文に次のように書き記している。

名古屋地方の詩史は、その黎明期がわが国の新しい詩の黎明期とほとんど時期がおなじだった。私自身の歩みからふりかえっても、私は『青騎士』の運動から出発し、大正十三年〈1924〉二十二才）に上京して四年後に『詩と詩論』の運動をおこした。『青騎士』から『詩と詩論』への道は一筋であった。東京にはすぐれた先輩詩人がたくさんいたが、新しい詩ないし新しい詩のエスプリという点では、私は最尖端の一人であった。つまり私をおくりだした『青騎士』は、名古屋地方にはじめて詩の運動をおこした雑誌だったというだけでなく、日本の新しい詩のエスプリと理論を予見した先駆的な雑誌の一つでもあった。

（『名古屋地方詩史』）

戦後は「詩作」から遠ざかり、民俗譚、風俗史、博物誌、など、文化史家として執筆活動にいそしんでいた春山が、名古屋の青春時代をこのように回想している。そこにあるものは、名古屋の一地方が日本の新しい詩と理論を牽引していたという自負と「若々しい芸術のエネルギーが渦巻いていた」時代への憧憬であろう。それを支えていたのは、夢を貫徹する意志と創造的精神に溢れた詩の仲間たちであると彼は述べている。

大正十年当時、名古屋地方は、様々な詩の雑誌が生まれ、離合集散を繰り返しながら、エネルギーを放出していた時期にあたる。若き無名の詩人たちは、同人雑誌を中心に、中央詩壇から講師を招き講演会を開くなど気勢をあげ、無償の祝祭的興奮の中にあった。全国的にみても同人雑誌全盛時代であったが、とりわけ名古屋地方の活気は目を見張るものがある。中山伸、伴野憲、柳亮等の『曼珠沙華』（のちの『独立詩文学』）、野々部逸二、平井潮湖、田中正一等の『ひとみ』、斎藤光次郎、岡山東、三浦富治等の『夜』、山中散生と橋本義郎の『ひつじ』、堀場桂二、奈加啓三等の『赤光』、井口蕉花、春山行夫の『赤い花』、高木斐瑳雄、稲川勝二郎の『角笛』、亀山巌の『踏絵』、等である。これらの詩社は、程なく名古屋詩話会を立ち上げ交流を広げることになる。

斎藤光次郎の名古屋豆本『青騎士前後』には、新しい詩誌誕生の逸話が語られている。高木斐瑳雄の詩集『青い嵐』の出版記念会が、大垣で行われた帰りの列車の中、春山、高木、斎藤の三人のふとした雑談がきっかけだったらしい。名古屋詩話会を中心とした新しい詩誌創刊の相談がまとまったのだと言う。その後、最終的な協議を経て、岡山の提案した『青騎士』が詩誌名に決まった。

『青騎士』創刊号は、大正十一年九月十一日に発行されている。創刊にあたっての同人は、井口蕉花、佐藤一英、高木斐瑳雄、春山行夫、三浦富治、岡山東、斎藤光次郎であった。表紙は大阪の間司英三郎が描いたビアズリー調の繊細な人魚の画で、ジンク版、三色刷りの高踏的な装幀である。ヴィクトリア朝の世紀末の幻想を漂わせて神秘的である。当時としては西欧の香りのする斬新な詩の雑誌の出現だっただろう。二十歳だった春山は「編輯後記」の中で本誌発刊の意気込みを興奮気味に次のように記している。

△青騎士が素晴らしい緊張した青春をもつて創刊された。茲に私達の希望と讃悦が漲つてゐる、そして大きな生命の綱がある。
△斯く、青騎士の現はれたことに據つて所謂中京詩壇の一大轉機を促さなければ眞個ではない。

春山行夫の「一大轉機」という言葉の中には、組織の運営や編集の在り方、詩誌の内容等についての大いなる構想があったに違いない。ただ編集については、申し出により先輩の井口蕉花が担当している。しかしながら、井口が病弱のために春山の好意と盡力に支えられていたようである。そのことを三号の編集後記に高木斐瑳雄は書いている。また詩話会で、夜遅く電車がなくなるまで同人間の相互の詩評を交わした際にも、春山は井口、佐藤とともに同席している。おそらく、詩話会や『青騎士』の活動の中で詩の評価や会の組織運営、編集等の全体を把握していたのは、春山行夫だっただろう。この名古屋詩話会をベースにした詩誌『青騎士』がもたらした共有し合う透明な興奮は、斎藤の次のような文章からも読み取れる。

「そのころ詩話会は毎月十日の夜、鶴舞公園の入口北側にある清栄軒の階上で開催ときめられていたので、集まる人も画家、音楽、演劇家、ジャーナリストと多彩であった。会費五十銭、料理、果物、菓子、コーヒーが出て、その月の『青騎士』がもらえるから楽しい会であったにちがいない。それよりも新らしい各ジャンルの知識にふれるのが何よりの愉しみであったといえよう。その晩は大山を中心にフランスの詩の話や、ランボウとヴェルレーヌの話がでた」(名古屋豆本『青騎士前後』)。

「新しい各ジャンルの知識」に触れることを、無上の喜びとする情熱がこの集団にはあった。こうして『青騎士』は、野々部逸二、大山廣光(大阪)、渋谷栄一(東京)、鵜飼選吉(多治見）等新たな同人を加え、寄稿詩人に近藤東、中西悟堂、尾崎喜八、佐藤惣之助、山中散生、三木露風等を迎え、大きな水流となって広がっていった。それは名古屋地方という一地域にとどまらず、全国的に展開された観がある。とは言っても『青騎士』は、ひとつの目標をかかげて何事かを主張し、喧伝する詩誌ではなかった。詩・音楽・絵画等に携わる若者の心に潜在する、欧米の新しい文化・芸術への渇望を満たしうる地域に根差した詩の雑誌であった。そこには語学に通じる井口や春山、それにフランス文学を学ぶ大山などの影響は大きかったと思われる。

春山は、『青騎士』六号の「卓上餘言」に同人誌の負担では経営が立ち行かなくなっていることを挙げ、雑誌をもっと実際的な形式を取りたいと述べている。おそらく会員制あたりを念頭に置いての発言であろう。その際「他愛ない叫びや反抗に終始して本来の詩から遠ざからうとしてゐる同人雑誌の一種の僻見から出發してゐるのではない」ので、それについては、詩壇からの正当な理解は得られるだろうと、楽観的な発言が見られる。このあたりに、春山行夫の当時の詩に対する考え方を、垣間見ることができる。おそらく「他愛ない叫びや反抗に終始する」詩とは、大正九年当たりから勃興してきたダダイズムやアナーキズムの傾向にある詩人たち、それにプロレタリア詩人たちの所謂「叫喚詩」等への批判を含む名称であろう。春山の「本来の詩」という受け止め方には、言葉を思想・信条に従属させ喧伝の「道具」として扱うことに本能的な忌避があったと考えられる。さらに、高木斐瑳雄が、萩原朔太郎の詩集『青猫』についての批評文を寄せていることを高く評価している。次の号には、さらに優れた「評論」「訳詩」「散文」が書かれることを、同人に期待し強く切望している。彼がこの時期『青騎士』に何を求めていたかの一端を窺い知ることができる。

『青騎士』六号の作品の目次は左記のとおりである。詩の題名にもその時代の雰囲気を感じさせるものが多い。

さまよへる猶太人……………………春山　行夫
夜の雨……………………………佐藤　一英
日光を虐げる……………………井口　蕉花
晴天の口笛………………………高木斐瑳雄
青騎士記事、編輯後記…………
装幀、扉、裏繪…………………間司英三郎

この号に春山行夫は、「さまよへる猶太人―地獄の手　第二―」としてV悪しき財貨、VI貧しき聖母、VII光れる指紋、VIII妄念の亞拉比亞数字の連作詩の他に、「憂鬱は蒼白い」と「快楽」を発表している。

その中から次の詩を取り上げてみる。

快　樂

日は昂として大空《そら》にある。
私は閨房《ねや》の窓をとぢる。

私は希臘陶器のなかの葉巻を燻らすのだ。

静寂は大理石《なめいし》に白い雨ふりそゝぐやうに、
庭のなかの緑　隙間を流れて
臥床に清し、蒼白く水底《みなそこ》に月の光滴《したゝ》るやうに。
かくて　いま私のこゝろに新たな世界は涵り愉快は蒼海《うみ》のやうにうねつてゐる。
あゝ　私は兜蟲のやうに、
嗜眠のなかに青い薔薇のノスタルジヤを夢みるのだ。

屋外の日が高い中、寝室の窓を閉ざして幻想に浸る愉悦の一時を詠っている。「希臘陶器」「葉巻」「大理石」「兜蟲」「青い薔薇」等、春山の趣味に彩られ華やかで洒落た洋風な感じがする作品である。特に最終行のイメージは美しく、微熱のなかでの冷たい清涼感さえ感じさせる。「兜蟲」のように「青い薔薇」への郷愁を疲労のなかに夢見る「幻想の美學」とも呼べるものがここにはある。「ごとし」ではなく、繰り返された「やうに」という直喩が当時としてはモダンであり、象徴派風という以上に、イメージの多彩で整った「口語自由詩」の抒情と言うべきであろうか。

『青騎士』時代の春山の詩は、こうした系統の美と死の影の燦めく幻想的な「青い花火」や「川岸の倉庫」等の口語の抒情詩と、「埋葬の花」「水産学校裏の蘆」「花々」「秋」「冬」等の古語や雅語、漢語、外来語のフリガナ表記等を駆使した絢爛で壮麗な象徴詩派風の詩群がある。

Drear path, alas! where grows
not even one lonely rose ——
E.A.Poe

——福士幸次郎氏に贈る——

花　々

★

曾つての日の小説《コント》の妖精《フエアリー》、白い寶石の散らばつた秋のシエラザードの花々よ。
雪の獨奏の百合の花、氷河を破る愛の花。
榮光の三鞭酒《シヤンペン》色の菊の花、陽光《ひかり》と黄金《きん》の韻律《リトム》の花。
夢想《ゆめ》と現實《まこと》のダリヤの花、虹につ、まれた蜘蛛の王の花。
寂しい顏の野薔薇の花、涙にぬれて星を摘むオフエリヤの花。
紫帽子の蜀葵《たちあふひ》、噴水の中に眠つた三稜鏡《プリズム》の花。

追放の身のよるべない私の部屋に花咲《ひら》け、畏怖《おそれ》の冬に花咲《ひら》け。

★

（中略）

★

思ひめぐらせよ　搖椅子の昔の樫、雅《みや》びの色も暗く
その軌る嘆きに不圖《ふと》、柱の方《かた》の希臘花瓶《ギリシャかへい》に
菊の花（幸福）が明るみとともに去ると見るや散らばふを……。
いまは、屋根が草に隠れ、日溜も瓦の上に凋《しぼ》む頃でもあらう。
私のこゝろに寂寥の蒼海《うみ》はしづしづと影を昻《たか》め
汎濫する。味気ない陽光《ひかり》のとびちらふと見れば
日も昏《くら》み、恐怖の波は渦巻いて、遙か、遙かに、
秋のAmant《アマン》!・その俤に夕暮と孤獨をのこして見えずなる。
匂りと夢とを生んだ菊の花、黄金《きん》のVers《ヴエール》の花、
お前が散つてから、私はすつかり美しい酔を失つてしまつた。

★

（後略）

（『青騎士』十二号大正十二年十月）

右記の詩「花々」は、どこか高踏的であり、有明・泣菫風の象徴派の影響も見られる。いくらかペダンチックで、抽象的な表現もあるが、拡散する花々のイメージがデザイン装飾のように華麗に展開されている。この時期の春山の詩に共通して言えることは、素朴な抒情詩を書く一方で、西欧の高踏派や象徴主義の詩人達の詩を原書で読み、実作を通してその精神と技法を習得することにも力点が置かれていたように思われる。言語的な修得は器用とも言えるほど受容能力が高く才気を感じさせる。

『青騎士』のこうした進取的精神や意気込みは、井口蕉花が同誌第七号に書いた「エポックに向かう」という萩原朔太郎への反論からも窺える。萩原が『帆船』誌上で書いた、名古屋詩壇の振興についての賞賛と批評の中の、無理解な部分に蕉花が嚙みついている。それは、「地方雑誌が単色に塗られ易い」と言う箇所と名古屋の三つの詩誌を指して「三社とも概して高踏詩派的臭味――あの堅苦しい古典派の陰影――のあるのはどうしたものだ。この若々しい名古屋の新興詩派としては全体もう少し自由で明快な青春の気分が克っていても好いとおもう」という文章が、気に障ったと思われる。蕉花は、後者について次のように反論している。「私達は古風な浪漫主義を無反省に唱道しなかった、と同時に高踏派より出発した象徴主義が世紀末のトピックとして破産したのも知っている。謂わば、近代の詩が新らしい伝統を開拓するに於いては、純粋なる高踏派の言条から揺籃して、モダニズムへのやり直しと言う点では確かにわれわれは高踏派と言うことが出来る。臭味とは単に出発の様式に過ぎない」と言い放っている。その後に続いて、同人の佐藤、高木、春山、斎藤の新しい詩への取組みや展開、さらにその研究を取り上げ、他の詩誌の臭味と同一視することがないように切り返している。その中で、春山についてはこう評価している。

春山行夫君は純粋なる東洋詩歌に就いて、西方の古典を研究している。恐ろしく透明な頭脳で、東洋風、支那風、日本風の三つの詩歌の伝統の心性史を精々と書いているが、最近新しい東方の古典精神を持って近世風なる（Nervositat）への出発を露はし来つた。軈《やが》て日本の詩壇に飛翔することをわれわれに疑わしめない。

（「エポック」に向かう）

春山が、この頃から「新しい伝統の開拓」を念頭に、詩の精神史等の理論構築を準備していたことがわかる。ただそうした詩論・詩史は、『青騎士』時代、発表されることはなかった。同誌十三号に井口蕉花の絶筆となった「盗鍵つひに折れた感じをなしつゝ」が記載されている。「我等『青騎士』の群れは今迄研學と素養に囚はれすぎて批較的世間と隔離した方面へ運行を續けてゐた。假令、佐藤一英の如き、春山行夫の如き、斎藤光次郎、岡山東の如き、頗る賢明なる詩論、文献を創成してゐるが世に之を發表しない。富積したる原稿は己が机匣の中に納めて依然としてゐるなどは奥床しい一存であると思うし、固陋であるとは思えない」と述べている。

井口蕉花は、同誌十三号（大正十三年三月）を発行した約一ヶ月後、病床に臥したまま主税町の自宅で亡くなった。二十九歳という若さであった。この多彩で、絢爛たるイメージを展開する天分豊かな詩人は、春山行夫に多大な影響を与えていた。当時の西欧の詩・芸術・文化の思潮にも精通し、日本の近代詩の先行きや新たな「モダニズム」にも、先見の明を持っていたと思われる。春山とは六歳年上で、家業も同じ陶磁器を扱い、詩誌『赤い花』も二人で刊行してきた親密な間柄であった蕉花の死の衝撃は大きく、悲しみは深かったと思われる。四月二十日に東区高岳町の高岳院で執行された葬儀に春山は参列し、高木と一緒に八事の火葬場まで送ったと言う。

『青騎士』は十四号を四月に出し、六月には十五号を「井口蕉花追悼号」として発行し終刊している。およそ二年余りの名古屋地方の文芸復興の黄金期であった。

II　詩集『月の出る町』と『花花』の頃

春山は、『青騎士』の終刊をみとどけ、大正十三年七月に第一詩集『月の出る町』を地上社（名古屋）から出版している。四六判アンカット一〇二頁、二十七篇の詩が収められている。『青騎士』に発表した作品が十三篇、北原白秋の主催する『詩と音楽』への掲載作品が二篇、『君と僕』が二篇、日本詩話会の『日本詩人』に二篇、『新思潮』に一篇、初出未詳が七篇である。作品の制作年代は、おおよそ大正十一年末（一九二二）から、大正十二年（一九二三）八月頃に当たる。作品が発表された雑誌から、彼の詩の交遊範囲もよくわかる。

詩集の構成は、「序に代えて　生ひ立ちの記から」「例言」「故郷」「さびしい噴水」「海風」「氷河」巻末に「春山行夫と僕　『月の出る町』によせる」という佐藤一英の跋文からなっている。

「生ひ立ちの記から」と、佐藤の「春山行夫について」（『檜のパイプを口にして』）に拠ると、春山行夫は、明治三十五年七月一日、現在の名古屋市東区主税町四丁目に生れている。当時このあたりは、「竹薮や桑園や空地が多い封建時代の屋敷町で、同時にアメリカ流の商館が群集する居留地的色彩が強い」場所でもあった。近くの「ワンタイン商館にはこの町にたった一つの大きな風車、天主教公會堂の朝晩の靜かな鐘、廢園の紫陽花、家の裏にはミッション・スクウルがあった」と言う。春山の生地は、衰退する古い屋敷町から、どこか欧米風の新しい文化の香りのする起業家の住む新興の町に変貌をとげつつあった。生家は、輸出用陶器の絵付けで特許を持つ工場主で、「市橋商會」という小さな貿易商を営んでいた。父親が所有していた「明治初年の和蘭陶器」との出会いは、異国趣味を育て、風車、海への憧憬をかき立てたことは十分想像できる。それよりも彼は、この地での最上のものを、父母が与えた「世にも美しい生活をもつてしたことの幸福」と記している。彼が、「生い立ちの記から」で触れたかったことは、幼少年期のこの「芸術的生活」の至福なひと時とその喪失であっただろう。この土地での退去を要求され、窯を毀さねばならなかった事情はわからない。ひと言、一家の幸福を破壊した「近代の産業組織の罪悪」と書いているだけである。数年後、一家は陶器の製造元である土岐津（現在の土岐市）に移転することになる。それが、ひとり町に残った春山が「かりに故郷と呼んでいる」故郷である。彼が「故郷」と言う時、そこに甘い感傷ではなく、痛みと挫折と新たな幸福を希求する屈折した心理の働きを感じる。それら「遠のいてゆく一つの世界」の自覚こそが、彼の孤独と詩の出発になったと思われる。それは、とりもなおさず、幸福な日々を送った「美しい世界」＝「喪失したもの」をひたすら歌うということに他ならない。そうした趣旨に沿って詩篇は精選されたと推測される。

故郷

悔いと埃《ほこり》のなかにしづみ
獨楽《こま》のやうに黙思する

けふ故郷《ふるさと》は寺のやうに懐かしい
こころは侘《わ》びしく鍬《くは》のやうに重い。

例言によれば、右の四行詩は、春山が「かりに故郷と呼んでいる父母の新しい田舎」に初めて帰った時の作品である。単純明快で、余分なものがない。前述した「生ひ立ちの記から」の内容を読めば解釈は不要であるだろう。口語自由詩としても随分整っている。「やうに」の直喩が旧詩体を脱していて、眼に見えない感情や心の有り様が、「埃」「獨楽」「寺」「鍬」の具体物を得て適切なイメージを形成している。とりわけ「獨楽のやうに黙思する」の一行は、当時の彼の詩人としての原点のような気がしてならない。
概して「故郷」の章だての中の詩篇は短章のものが多い。詩「柚子の實」もそうである。

柚子の實

けふも古い屋根に登り柚子《ゆず》を捥《も》ぐ
私はひたすらに靜けさをねがふのである
降りしいた落葉は葺藁《ふきわら》のなかに朽ちてゐる
日ざしは淡く私の影は痩せてゐる
弟は芝生に佇つてなにものか敷へてゐる

私はここよりぞ昂《たか》くのぼろうと考へてゐる。

この詩は、古い屋根に登って柚子をもぐという「私」の行為の事実描写と読み取れる。屋敷内の秋の深まりを背景にした静かな抒情詩としてである。ただ最終行に作者の青春時の高い志のようなものを感じ取ることができる。それは、単に柚子の木の空間的な高さというより、精神の昂《たか》みであろう。「柚子の実」を結実した詩として捉え、古い屋根の旧詩体の上で模索する青年の寓意とも読めなくもない。「私の影が痩せてゐる」のはそのためかも知れない。

そこに、春山の彷徨える孤独な青春がある。詩「こころの旅」には、「不肖の子　私はことしも旅の支度にとりかかる。」という一行がある。自分自身を「不肖の子」として自覚し、地にしっかりと足のつかない旅ごころをそそられる詩人がそこにはいる。「私の憂鬱は蒼白い熟れぬ秋の果實のやうに。」（詩「憂鬱は蒼白い」）とも詠じている。「悔恨」、「孤独」、「憂鬱」の言葉に沈む春山の若き日の自画像であろう。

假寓の小景

一つの海景は　静寂の壁につられてゐる

秋の樹のなかの時刻のやうに
繪のなかの白帆は　暗い部屋のなかの藥瓶のやうだ。
輕い病《やまい》して　このごろ私に睡眠《ねむり》がない。

壁につるされた海景が、樹のように静かな時を刻み、憧憬の入り口としてある。絵の中の白帆は、風を受けて走る希望の輝きではなく、暗い部屋のなかではぼんやりとした白い薬瓶のようにに見える。仮住まいの部屋で、精神的な出発もなく閉ざされたまま神経を軽く病み不眠でいる。鬱屈した青春の抒情である。

「さびしい噴水（小曲）」の章の詩篇には初出未詳の作品が多い。春山本人によれば、これら一連の小曲風の短唱は、「少し異例なもの」として受け止めているため、発表の機会がなかった詩篇のようである。所々、文語が使用され、象徴詩的な技法が目立つ作品が多く、やや古風で美しい響きがする。

水上の table

きき耽《と》れんにはかすかなる人魚の唄もあらう
おほどかなる噴上げはせいせいと珠玉のかずかずを投げる
はるは青く透きたる夜の絹のごとき水の中にありて
水泡《みなわ》かがやきてたちのぼるえ知らぬ香料の心持よさ
とほく藐《はる》かなる上天もそこにうつりて
池の面は食卓のやうに華やかだ。

聞き取りにくいほどかすかな人魚の唄もあるだろう。おおらかに飛び散る噴水の珠玉のきらめく広い池の面を見つめながら作者はひとり佇んでいる。水を「青の透き通る夜」の色と「絹の柔らかい」触感とで捉え、その水の中に春はあると表現している。そのため何か物悲しさや憂いを感じさせるものがある。水泡は、春の陽に輝やきたちのぼり、言いようのない程心地よい香りをあたりに漂わせている。ここでは嗅覚も参加させ、遙か頭上にある空も水面にうつり食卓のように華やかであると表現している。

聴覚、視覚、触覚、嗅覚等の五官を連動させ、空と水面の空間を往き来する象徴的技法が用いられている。「きき耽れんには」「え知らぬ」等文語の用法が、音韻の響きを滑らかにしている。春山は、こうした象徴派風の詩作を試みた時代もあったのである。次の詩「屋上庭園」もその点は共通している。

屋上庭園

たれさがる絹絲の紐ありて人待ち氣なり
ゆきてひろびろしい七月の窓をぬけ
屋上庭園《バルコン》にのぼり忘れられた鞦韆《ぶらんこ》をしやう
すずしい空たかくのぼり
亹々《いへいへ》露臺もて白くつながるごとく
風のごとくくだり　はるかにとほきかたへも
欄杆《てすり》なる護謨《ゴム》の濡れ葉のなかにかくれゆく
ながれくるSoda《ソーダ》水のごとき大氣のなかに搖らう
さふあいやの雲のなかに大き小さき影をみだし
はるすぎた屋上庭園にさびしい鞦韆をしやう。

屋上庭園にある忘れられた鞦韆《ぶらんこ》を、春が過ぎてしまった季節はずれの七月に、漕ごうというのである。「屋上庭園」といい、遊具である「鞦韆」といい、古代の半島経由というより、明治以降新しく日本に輸入された「ハイカラ」な風俗であろう。「新しがり屋」の詩人には、持ってこいの素材である。けれど「空たかくのぼり」「風のごとくくだり」「大氣のなかに搖れ」「雲のなかに大き小さき影をみだし」さびしい鞦韆をしようと呼びかける対象は、不在である。孤独で無為な自分と向き合っているだけである。空に向かって駆け上がり解き放たれた爽快感は、想像の中だけにある。この種の「さびしさ」は、唐突な言い方だが、萩原朔太郎の情緒や雰囲気と共通するものがある。大正六年に刊行された彼の詩集『月に吠える』の「雲雀料理」の章や「さびしい情慾」の章の詩「さびしい人格」等に近いものがある。ただ春山は、生得的な感覚として朔太郎の「生理的な恐怖」や「おぞましい幻視のビジョン」を体質的には受け入れられなかっただろう。春山はその上澄みを掬っているように思える。春山の詩は朔太郎のような身体や内臓がない。どちらかと言えば、春山は合理的精神に富んだ抒情詩人である。彼がその後、朔太郎の象徴詩や詩論を執拗なまでに批判し続けたのは興味深いことである。「屋上《バル》庭園《コン》」「Soda《ソーダ》水」「さふあいや」等の外来語を用い、文語と口語の混在する文体は彼の初期の詩の特徴でもある。

「海風」の章は、日の移ろう夏の明暗の中に、生きていることの問いを投げては、物思いに耽る詩「礫《つぶて》」がある。その四連の「遠い防風林に落日《いりひ》の幕がたれかかり／ひくくおもたげに／いよいよひくく／熾《はげ》しい鴉《からす》の群れが舞ふやうに闇に深まる／とまた答《いら》へする聲／水に鳴る葉ずれが夕暮を嘆く／そこにも闇に投げられた小さな波紋」という七行が詩の主題になっている。礫は青春時に投げられた人生への問いであり、さみしい水音とともにいくつかの波紋を広げながら夕闇の中に見つからない答えでもある。詩「木々はさびしい」の中にも、夕暮に見えなくなる海へ通う小徑が詠われている。

木々はさびしい

夏至《げし》ちかい潮風がしめやかに輕い海へと私を追ふ
古い帽子よ（昔を語るな）私はお前をとりあげる
さてのびあがる青葉をくぐれば木々はさびしい

木あるところにしめやかなアンヂエラスのひびきがある
朝また眞晝　あかるい散歩はしばしとめられて
巨きな空と上枝《ほつえ》とそれから寂しい海とが私を惹きつける
かかる夕《ゆうべ》
私はまたながい傾斜地《なぞへ》に佇《た》つてかなしい誓を呼ぶ
（けれどなんと言ふ果敢《はか》ない木精《こだま》でせう）

貧しい鴉が一羽また一羽暗い林の巣へと消えてゆき
海へと通ふ小徑またいつの間にか見えなくなる。

この詩の背景には、「古い帽子」にまつわる想い出があるが、作者はそれをあえて語らない。多少思わせぶりなポーズがある。ただゆるやかな言葉の流れと語感の快い響きがどこか典雅な調べを奏でている。感情を流露するのでなく、知的に制御がなされ、鋭敏な感覚をとおして選ばれた言葉が繊細な自然の心象風景を生んでいる。いつものように、傾斜地に立って叫ぶ悲しい誓いの木精《こだま》が、暗い林の巣に消える鴉の姿に重なる空しさと海へと通う小径が見えなくなる夕暮の憂いがひしひしと伝わって来る。このあたりの息づかいはどこかフランスの象徴派の詩人、アンリ・ド・レニエやアルベール・サマンに通ずるものがある。「私の散歩道」この「海風」の章には失恋の詩が二編含まれている。「海風」と「私の散歩道」である。「私の散歩道」は「木々はさびしい」で語らなかった「想い出」が主題になっている。青葉、散歩道、上枝、帽子、アンヂエラスのひびき、など共有する語句も多い。

私の散歩道

ながく遠い緑が大きな拱門《アーチ》をこしらへ

または孤《ひと》り寂しい蝙蝠傘《かさ》を翳《さ》してゐる
大きい枝や小さい枝や
それは美しい可愛らしい青葉の群れである

そして枝間にはこぼれ落ちる燦《かがや》き
また白銀《しろがね》に炎える葉表
そのなかに紆《うね》つてゐるのが私の散歩道
淡く檸檬《レモン》の日光《ひかり》に濡れてゐる

上枝《ほつえ》のあたり昂《たか》い葉はいつしんに
影のなかでのやうに　振子のやうに搖れてゐる
小さな蟻の群か　または波止場の屋根時計か
けれどそれにしては時の大きいこと！
（春を夏へと刻んでゐる）

微風は麥稈色《むぎわらいろ》した野から滑つて來る
帽子の上に　梢の上に

また亂れた野茨の籬に青い果《み》が實つて
その光澤《つや》のなかにはいくつもいくつも小さい空

けれどこの蒼空の爽快《さはやか》さも
あなたに贈つた野茨を摘んだ楽しい空ぢやない
この明るさ！　それも胸のなかの疲れた巣
または失《な》くした瞳の憶出《おもいで》には痛い棘《とげ》の愛撫に過ぎない
あなたはすでに古い押花のことを思はない

私はいくもどりこの静寂《しじま》のなかを流れたらう
やがて正午《まひる》がせまりとほいあたり
アンジエラスのひびきが私の心の面《おもて》をかすめる
けれどいま過去に耳傾けるのはひとしほ寂しい

まして遠い夏　あなたが白帽子を流した海を憶《おも》へば
その深緑《みどり》すらあまり熾《はげ》しく（白い流れ雲も
光を背《せな》に滑る帆もすつかり！）いまは私を惹付《ひきつ》けない。

優雅で繊細なイメージと言葉の流麗な響きが際だっている。第二連の「枝間にはこぼれ落ちる燦《かがや》き」「白銀《しろがね》に炎える葉表」「淡く檸檬《レモン》の日光《ひかり》に濡れてゐる」散歩道や第四連の「麦稈色《むぎわらいろ》した野から滑つて來る」微風、「亂れた野茨の籬」の「青い果《み》」に映る光沢の中のいくつもの空。これら白、黄、青の淡く柔らかい光の透明感のある重ね塗りのイメージはレニエ風である。

こうして見ると、佐藤一英が跋文で書いた文章が思い出される。

（前略）しかり、彼は文明人型であり、僕は野蠻人型である。『青騎士』同人のすすめによつて五六年間の詩作の一部を一九二二年十月に發表したのだが、彼は僕が五六年の間に開拓した詩歌の分野を僅か五六ヶ月で自分のものにしてしまつた。そして彼の豊かな天分は、なほ彼獨自の世界をあまた探索、開墾しつつある。彼こそはまさに出藍の天才であらう。（後略）

詩集の跋文であるから、多少褒めすぎ、持ち上げたりする気遣いもあっただろう。だが、それを差し引いても春山の精力的な詩歌の探索・開墾のエネルギーと才能に佐藤は脱帽している。そこには学び急ぐ春山の焦燥への杞憂さえ感じられる。

詩集『月の出る町』の詩を眺望すると、ヨーロッパの四行詩（カトラン）の形式にも触れ、フランスの象徴詩等に学び、日本の後期象徴派の北原白秋、三木露風、そして萩原朔太郎などにも影響を受けている。さらには、後述する前期象徴派の蒲原有明、薄田泣菫等の音韻とイメージにも魅了されていたようである。いずれにしても文語定型詩から口語自由詩の流れの中に、多様で豊かな詩のあり方が存在したことが解かる。「現代詩」が選んだ道はいささか狭隘であったような気がしないでもない。春山本人は、著書『ジョイス中心の文學運動』の巻頭の「はしがき」に次のように述べている。

（前略）僕が文學をはじめたのはフランスのシンボリズムからで、つづいてアメリカのイマジズムであつた。所謂定型律の詩から自由詩にはひつたのだが、アメリカの自由詩の内容にはどうしても肯定することができなかつた。しかし、さうかといつていつまでも十九世紀のマラルメやランボオでもなかつた。（後略）

絶えず「新しいもの」を渇望する彼の資質は、あらゆるものに食指が動き、未だ自分の詩のスタイルを持ち得ていないと言う見方も出来る。それは逆に、言葉への感覚や音韻に鋭敏で、言語的な吸収力や消化力が過剰なための不幸とも取れる。詩集『月の出る町』の最終章「氷河」には、佐藤一英に献じた作品の他に「秋」や「冬」がある。これらの作品は、井口蕉花と出した詩誌「赤い花」に掲載されたものを手直ししたものである。他の作品よりも幾分時期も古い。

秋

波と葉づれが秋の朽ちた曲《ふしね》をひびかせる
ヰオロンのさても繰音にか水面《みのも》に落葉の降りしきる

このあたり空の果實《このみ》また小鳥の唄はいづこに
なべての夢を追ふ身にはそれは遠い昔のことか

既にして深い森　水の流れ
さては大氣のなかの香りは失はれ
人住まぬ Villa に白日《まひる》を咲いた茴香《うゐきよう》はこの夕暮れに散る
また寂寥《せきれう》の蘆のゆるぎに僅かばかり日溜りして
白鳥は《幸福》の羽締も冷えてかより群《つど》ひ
一縷に光明の國を憧憬《あこが》れるか白雲母《しろきらら》にその翅《はね》を燦《かがや》かす
軈《やが》て落日の銅片は西なる水白い谷川の石を染めて

とびちがふその綾のみだれは薄光の針とも墜落《おち》かかる
《それも束の間》大き足動かし
黒い蜘蛛はその巣破れはてて空を去る

さてここにかしこに落葉のひとしきりとびちらふ
と一聲ひくくかなしげな白鳥の痛叫《さけび》
時ならぬ翅《つばさ》の音に交る（遁走のそれはざわめきか！）

いつしれず僕の背には北風が黒い海鹽《うみしほ》の水脈を開く
と深くも恐ろしげな落窪の枯木立その梢を鳴らす。

前述したように、蒲原有明や薄田泣菫あるいは上田敏風の想いや香りや調べを咀嚼し消化しながら、古い情緒の中に光に敏感な春山の近代的な感覚による抒情の燦《きら》めきの兆しも感じられる。

これらと同じ時期の作品に第四詩集『花花』がある。象徴詩派の作風をとどめながら、抑制された知的な抒情の中に佳作も多い。

雪

倦《う》みつかれた北の窓に空はながれ
橡のひろ葉に露はかがやいて青白い
幼ない子　わがもとに來てかなものの喇叭《らっぱ》をならし
母は來て昨日《きそ》の雪裏山を埋めたりといふ

朝である　廢《あ》れた村に來てより三日
心は鈍《に》ばみ都會は悩ましく懐かしい。

村に三日滞在して都会を懐かしむあたり、彼は土地に根差した人間というより都会暮らしに慣れ親しんだモダンな感覚を身につけた青年であることがわかる。

日暦

避けがたく激しい勞役のあとに

新しい日の暦はかかげられて
かなしい繪のやうに眺められる

時のなかに私の鍾愛《しようあい》する未來の夢を眠らせやう
苦《にが》く稚《をさ》ない暦は青葉のやうに搖れてゐるけれど
籬《まがき》の下一面に落ち敷いた
冬花のこころのつめたさをいかにしよう
堪へがたい黄金の勞《かがや》きを汲めど
けふも苦澁は杯をみたしてしまふ
今日の氷雨に新らしい日暦は傾いてゐる。

春山は、父親が病気で倒れた時期、数年間、夜間の英語学校に通いながら、家業の輸出用陶器の絵付け工として働いていたことがある。その頃のことを直接扱った作品かどうかは分からないが、時期は重なる。一日のつらい仕事が終わり、日暦をあらたにして迎える新しい日は、悲しい絵を見るようであると言う。そこには、自らが愛する「未來の夢」を眠らせて生きる若き詩人の想いの苦さがある。

III 『詩と詩論』の創刊と「旧詩壇」あるいは朔太郎への批判

春山が、名古屋株式取引所を辞めて上京したのは、詩集『月の出る町』を出版して三ヶ月後の大正十三年十月である。『日本詩人』の同人雑誌評で百田宗治に認められ、さらには福士幸次郎の推薦で同雑誌に作品が掲載された後、三月には日本詩話会会員となっている。四月には井口蕉花が夭折し、八月には父親が他界している。その年の初めに、親友の画家・松山春雄に下宿の斡旋を依頼するなど、彼は以前から大震災後の東京行きを準備をしていた形跡がある。

しかしながら、上京後の数年間は実に苦闘したらしい。履歴書を何通も書き試験を受けても採用もなく、友人の紹介でありついた娯楽雑誌の編集の仕事も廃刊で失職し、転居を何度も繰り返していたというのが、佐藤一英の「春山行夫について」の語るところである。暫くは、ある建築家の厚意により、無賃で貸してくれた粗末な木造小舎に住み、詩学研究に没頭したというから春山の決意と意志力は並大抵ではなかった。

教育書の出版社・厚生閣書店に、百田宗治の世話で彼が入社したのは、昭和三年である。春山はここで、社主・岡本正一の理解を得て新しい季刊雑誌『詩と詩論』を創刊することになる。この『詩と詩論』のモデルは、パリの国際的前衛誌『transition』と言われている。当時、春山は膨大な情報収集や書籍の蒐集家としての博識から、「エンサイクロペディア」という綽名があったくらいである。それと合わせて、持ち前の近代的なセンスが、『詩と詩論』をこれまでにない目が覚めるような新しい季刊雑誌にした。
季刊詩誌『詩と詩論』は、昭和三年九月に創刊されている。シンプルで瀟洒な装幀、口絵にはシュルレアリスムの画家ジョルジヨ・デ・キリコの「詩人の出発」という作品が掲載されている。紙面構成は、初めに「エッセイ」として詩論・文学論等が配置され、次に「詩」が掲載されている。さらには、現代の海外や日本詩壇等を「ノオト」で扱い、「エスキース」で日記等の雑感を取り上げ、終わりに「批評その他」の構成となっている。冒頭に詩論を持ってくるなど、これまでにない斬新な編集は、春山のジャーナリスチックなセンスが光っている。新しい文芸思潮や詩と詩論の傾向を知るために創刊号の目次を掲げてみる。

エッセイ

全二百十四頁である。創刊時の同人は、安西冬衛、飯島正、上田敏雄、神原泰、北川冬彦、近藤東、瀧口武士、竹中郁、外山卯三郎、春山行夫、三好達治の十一名である。それに、J・N（西脇順三郎）、佐藤一英、吉田一穂、中村喜久夫、相良守次諸氏の詩、評論、批評文の寄稿を得ている。編集は、創刊号から終刊に至るまで春山一人が担当した。そのあたりのことは、近藤東の「『詩と詩論』の系譜」に詳しい。「同人といっても前述の準備金以外は別に金銭的なものは徴収されず、個人間の交渉はあっても、同人会議などは殆んど持たれていなくて、もっぱら春山の卓絶した編集手腕への信頼と、発行所、厚生閣のバック・アップで刊行された。但し、厚生閣は編集方針には一切不干渉であった」。

こうして出発した『詩と詩論』の構成メンバーを見ると、春山行夫、近藤東、などの同人誌『青騎士』・『謝肉祭』の象徴詩派と北川冬彦、安西冬衛、などの同人誌『亜』の短詩・新散文詩運動の新感覚派と詩誌『薔薇・魔術・学説』のシュルレアリスムの上田敏雄、北園克衛、などを母胎としている。それぞれ違った趣を持つ詩人たちであるが、共通していることは欧米の前衛芸術の思潮の影響を多分に受けていることである。そうした意味でこの同人は、春山の編集後記で言う、「結束的権威機関」ではなく、一つの「詩壇的な主導機関」というのはよく解かる。

創刊号以後は、詩人、作家として堀辰雄、丸山薫、阪本越郎、笹澤美明、瀧口修造、北園克衛、山中散生、富士原清一、渡邊修三、草野心平、岡崎清一郎、尾形亀之助、逸見猶吉、竹内隆二、乾直恵、左川ちか、長江道太郎、黃瀛、上田保、中野嘉一、村野四郎、江間章子、横光利一、梶井基次郎、稲垣足穂等そうそうたる顔ぶれが執筆している。

新進の評論家、外国文学研究者では、佐藤朔、渡辺一夫、大野俊一、阿部知二、伊藤整、淀

野隆三、中島健蔵、辻野久憲、佐藤正彰、青柳瑞穂、神西清、瀬沼茂樹、三浦逸雄、福田清人、秦一郎、安藤一郎、北村常夫、河上徹太郎、織田正信、西川正身、瀧口直太郎、中野好夫、などが登場し豪華な紙面を飾っている。小林秀雄も少しだけ顔を覗かせている。エスプリ・ヌーヴオ（新詩精神）を唱え、文芸復興としての祝祭の観を呈している。創刊号の「編集後記」は、次のように記されている。

この冊子『詩と詩論』刊行の主要な目的は、われ〳〵が詩壇に對してかくあらねばならぬと信じるところの凡てのものを、實踐するにある、のである。われ〳〵が、いまこゝに舊詩壇の無詩學的獨裁を打破して、今日のポエジーを正當に示し得る機會を得たことは、何といふ喜びであらう。

署名はなされてないが、春山の記述によるものだろう。彼の批判は「旧詩壇の無詩學的独裁」に向けられている。

そのことを念頭に、創刊号に春山行夫が論戦のために用意をしたのは、「日本近代象徴主義の終焉」と題した評論である。副題として「萩原朔太郎・佐藤一英両氏の象徴主義詩を検討す」とある。この評論は、文意が不明瞭な箇所があり、かなり読みにくい。それは「旧詩壇の無詩学派」を攻撃するのにいささか性急過ぎて、感情過多な表現が、筋道を立てた論理の追究を多少困難なものにしているからである。加えて、言葉の定義も曖昧なまま、多様に展開されたために生じた晦渋さも手伝っている。ただ彼の詩作品からは、想像できないポレミックで、幾分皮肉めいた若き春山の舌鋒がすべてを圧倒している。そこには、春山の大いなる野望と気負いが感じられる。実際この評論は、大正期の無詩学時代の混乱ぶりを「新しい価値基準」に基づいて腑分けし、批判吟味を経て、「新しい詩」を展開させる意欲に満ちていることは確かだ。つまり、これまでの詩人たちの詩の評価と位置づけを見直すことで、旧詩壇の無詩学派を一掃し、「詩の大変革」を試みようとしているのである。それは、彼が『詩と詩論』を刊行する理由のひとつでもあった。

詩の変革となるきっかけは、大正六年十一月、川路柳虹と山宮允とが発起人となって結成された「詩話会」が、大正十年二月に藤村誕生五十年記念祝賀会に、藤村に捧げた『現代詩人選集』の人選をめぐって分裂が起こったことに基因している。その結果、〈民衆詩派〉中心の運営やその口語詩の散文化への疑問と批判が吹き出した格好になった。〈象徴詩派〉の北原白秋、西条八十、日夏耿之介、などがそれを機に「詩話会」を離脱し、新たに「新詩会」を結成した。続いて若い詩人たちも脱退し『詩人会』を立ち上げたのである。残留した萩原朔太郎も、民衆詩派の自由詩批判を繰り返すなど、「詩話会」は混迷を深め、大正十五年九月に解散することになったのである。詩話会会員であった春山が、この全体の経緯を知らないはずがない。これまでの日本の詩の全体像を、彼一流の合理的な「パーテルス式分布表」で整理しながら、新たな次のステップを睨んでいたというのが本当の所だろう。

彼は、「旧詩壇の無詩学的独裁」を批判するに際して、十九世紀末のフランス詩壇に現れたシャルル・ボードレールの「ポエジィ」に根拠を置いた。春山は、エドガー・アラン・ポオを評したボードレールの言葉「まづ詩論を樹てゝ、つぎに詩作した」という単純な理論に立っている。彼は、「詩」というものを、一度、根本から問い直し、理論化することから出発しようとしたのである。理論化され、方法化された詩的思考＝ポエジーの中に、新しい「詩」を発見しようとしたのである。いわば、彼の「旧詩壇の無詩学」とは、詩の方法化もなく、自然発生的に詠じ続ける感情流露の詩人たちへの批難と揶揄が込められている。「詩」だけでなく、「詩論」を必要としたのはそのためである。彼の念頭には、「感性」というものは、「知性」で方法的に制御されれば「腐敗」など起こり得ないという思想・信念がどこかにあったようだ。詩に、感情や観念を直接ぶつければ、ダダイズムやアナーキズムやデカダンス、などの陥りやすい「感性の腐敗」に迷い込む事実を、フランス詩壇の歴史から彼流に学んでいたからであろう。彼は、フランス象徴詩の過ちを、詩の根底に「情調」等を据えたことに拠ると考えていたらしい。その結果、「近代の純粋詩」に、「生活の朦朧」さと「精神の晦渋」さとを付加したにすぎないというのが春山の主張である。わずかな成果は、「思出の詩趣」を純粋に表現することに新しい手法を啓いた若い象徴詩人たち（ヴェルレーヌ等）の抒情詩的完成のみであり、華やかな象徴主義に芽生えた「近代の純粋詩」は、心理的で生理的な象徴の「反純粋性」のなかに、ポエジーを消失して行ったというのが春山の結論である。
彼はこうした論旨をベースに、当時の日本の象徴主義詩の消長を四期に分けている。

第一期　明治末期　蒲原　有明　觸媒期
第二期　明治末期　北原　白秋　盲従期
　　　　大正初期　三木　露風
第三期　大正期　三富　朽葉　開花期
　　　　　　　　佐藤　一英
　　　　　　　　日夏耿之介
　　　　　　　　萩原朔太郎
第四期　現　代　――――　轉換期

この区分は、あくまでも春山の便宜上のものである。個々の詩作品を検討して、それぞれの評価に基づいてなされるべき過程が省略されている。第一、二期の象徴主義詩を、過渡期的現象と決めつけ、「世紀末的デカタニ《（ママ）》スム」と「抒情詩的展開の徴候」として捉え、「本来のポエジイがあるべき純粋詩の精神」を幾らも持ち合わせていないと論難する。さらに第三期の四詩人については、各人のポエジーの信条に従って、「全人的に詩を感じ詩作した」という観点から、日本近代詩の正統的象徴主義詩人と呼びたいと述べている。その上で、比較上の詳細な解析は避けて、三富朽葉、佐藤一英の象徴主義詩をCubi-symbolisme傾向とし、日夏耿之介、萩原朔太郎の象徴主義詩をEgo-symbolisme傾向にあるとしている。ポエジーの本質を「Ego」と「Cubi」の二傾向に分け、前者を「主観」「内容主義」、後者を「客観」「様式主義」と区別する図式化は解りやすいが、本質論ではありえない。ただ、春山の「新しいポエジーの基準」は、多少見えてくる。この「Ego」傾向にあるものを「過去派」と呼び、人生派の中の〈プロレタリア詩派〉、〈民衆詩派〉や芸術派の中の〈ダダイズム〉、〈象徴詩派〉を挙げ、過渡期の存在として位置づけている。とりわけ〈プロレタリア詩〉と〈民衆詩派〉については、随所で批判し、文学以下として切り捨てている。

春山が『詩と詩論』を発刊したもうひとつの理由に、私は当時のプロレタリア運動の激化とプロレタリア詩の台頭があると見ている。関根弘は、著書『現代詩入門』の中で「プロレタリア詩の方向に背を向けて『詩と詩論』の運動があった」と述べているが、そうではなく、『詩と詩論』はプロレタリア詩に対抗した布石として誕生したと考えられる。「驚きに堪えないことには、既成詩壇を撲滅するという元気で出てきたプロレタリア詩人という一群がかれらの文学論にもかかわらず、そのポエジイに於いては、文学として、殆んどポエジイを無視し、過去に属する和製自由詩をそっくりそのまま引きだして納まり返っている」（「ポエジイとは何であるか」）と辛辣な批判からもそれは解かる。同時にそれは、組織的オルグの強化によって「詩」が、プロレタリア派に席巻されることを危惧したものと推測される。『詩と詩論』が創刊された昭和三年という年は、三月に「全日本無産者芸術連盟」（ナップ）が結成され、機関誌『戦旗』が五月に創刊されている。「プロレタリア詩人会」の機関誌『プロレタリア詩』もやがて刊行されるのである。外からは没交渉に見えながら、対抗意識が内在していたと見るべきであろう。その結果、後に『詩と詩論』の内部でも「社会主義意識」の問題が浮上してくるのである。

論点を本筋である日本の近代象徴主義詩にもどす。春山は、萩原朔太郎の「象徴主義詩」の理解を、「牧歌的、回顧的」と捉え、「主知」から遊離していると批難する。確かに朔太郎の「象徴主義詩」の解釈は、当時の詩壇の考察とは異っていた。また、歴史的検討もなしに、古来の芸術を、「現在」の象徴詩として置換えることに時間的な錯誤があると指摘されても仕方がない箇所もある。この件については、春山の省略と飛躍に満ちた晦渋な文章の論旨を明晰にするために、資料の補完を多少必要とする。

朔太郎は、詩論集『詩の原理』の中で「象徴の本質」を「形而上（メタフイヂツク）のもの」としている。さらに、「形而上的なるすべてのもの」は芸術上「象徴」と呼ばれると付け加え、その中に混乱を避けるため二つの異なった象徴の意味を区別している。ひとつは、「人生観のイデア」、もう一つは、「表現上の観照」から見た「象徴」である。前者からは、「時空を通じて永遠に実在するところの、或るメタフィヂカルのものに対する渇仰で、霊魂の故郷に向えるのすたるぢや、思慕の止みがたい訴え」を説き、それを「象徴派」と称している。後者については、ベルグソンの認識論を踏まえ、「真の芸術的なる認識手段は、事物を部分について観察せずして、全体から一度に、気分的な意味として直観してしまう」「形而上学的認識への突入を、吾人は普通に『象徴』と称している」と著している。あくまでも萩原流の「芸術論」である。当時の一般的な「象徴」の意味からは、かけ離れた独自のものだった。

春山の批判の矛先は、同時に「象徴を以て曖昧朦朧とさへ解釈している。（実にフランスの象徴派がそうであった）」とした萩原の認識に向けられ、心ならずも激昂したにちがいない。フランスの象徴詩への理解もなく、当時の日本の「象徴派の洗礼を受けた自由詩」の背後にかくれた「ポエジイを洞察することなく」、自説の「芸術論」にうつつを抜かす萩原の思考を「頽廃的芸術観」と嘲笑したのである。その上、「能」や「浮世絵」等を取り上げ、その「象徴主義」を当代に置き換えて説く時間を超越した論に、「牧歌的象徴主義」の名を被せたものと思われる。

『詩の原理』の執筆は、大正八年頃に始まっている。当時の自由詩の諸問題が、詩壇の中心となるに及んで、萩原の「論争」の中にそれが反映されないはずはなかった。その当たりを読み取りながら、「旧詩壇のシンボル」として萩原朔太郎を敵対視し、挑戦しようとしたのである。それは、春山なりの『詩と詩論』の旗揚げを飾る演出でもあったと思われる。

萩原朔太郎との象徴詩論争は、朔太郎が佐藤一英の新作「静御前」「羽衣」を、「試みとして愚劣である」となじったことに端を発している。一英の前詩集を褒め抜いた朔太郎が、一変して掌を返したような批判を繰り広げる。そこに春山は、一貫性のない朔太郎の基準とその基準そのものの古さを見たような気がしたのである。朔太郎は、はるか昔の「露風一派の象徴詩を排す」の時代に見られた「旧い象徴詩」の基準を持ち出して、論陣を張ったからである。春山は、象徴詩の新たな「歴史的展開」を認めることなく、破産した過去の思想を引きずる朔太郎の「Ego的な象徴詩」をやり込めようとしたに違いない。そのことで、春山が評価する三富朽葉の「近代の純粋詩」を、正統に受け継ぐ一英を、「ポエジイの純粋」の完成をめざす「Cubi的象徴詩」人として持ち上げ、ポエジーの価値の転換を図ろうとしたのである。春山・佐藤と萩原の見解のギャップは、「ポエジイの発展」への認識の違いである。朔太郎は、ポエジーの発展を認めず、情調的疲労によるデカダンスに至るという「旧い象徴主義」の筋書きの中に陥っていると春山は裁断する。「ポエジイの転換」は、「ポエジイの純粋」にのみに懸っており、「Ego＝主観」から「Cubi＝客観」へ移行することにより、「ポエジイの確固として展開するものによってはじめて新しい生命」を蘇生できると結論付けている。春山は最後に、「旧詩壇の独裁」を批判する唯一の根拠は、「ポエジイの発展」にあると断言している。

詩の根拠を「感情」に置く萩原朔太郎は、「詩・芸術は永久に発展しない、ただ変化するだけである」という見解に立っている。詩の根拠を「感覚」と「知性」に置き、「ポエジィの発展」を信仰するモダニスト（近代主義者）・春山行夫にとって、それは「過去」のものと映ったに違いない。ただ勘違いしてはならないことは、朔太郎への批判は春山個人の意見であり、「同人」全体の集約されたものではなかったはずである。

『詩と詩論』の第二冊には、春山の「ポエジイとは何であるか――高速度詩論　その一――」が掲載されている。この詩論は、求心的に問いを追究するよりも、主張したいことが過剰なために、主題が拡散してしまう傾向にある。彼の批判は、昭和三年に結成された詩人協会編纂の一九二八年版『詩人年鑑』の自由詩や散文詩などの定義の混乱に向けられている。その中で、「散文詩」や「自由詩」の意味の整理をとおして、春山が固執するポエジーに触れている。春山の役割は、ここでは、整理整頓の掃除役に徹しているとも言える。

まず春山は、北原白秋の「散文詩小論」の「散文詩とは散文を以て書かれた詩である」という文章を取り上げ、この文意は半分だけ正しいと査定する。当時ベルトラン、ボードレール、ジャコブ、エリアールなどフランスの詩人たちは、「散文詩」とは呼ばないで単に「詩」と呼んでいたという歴史的経緯を引き合いに出している。それは、昔は韻文（Vers）が、詩（Poème）であったと同様に、今日では散文（Prose）も充分詩（Poème）でありうるからだと春山は主張する。混乱しているのは、「散文詩」の「詩」という意味が、詩＝韻文というもののみを指さなくなったところに起因すると説いている。春山流に言えば、「散文詩とは、詩が自らを韻文から解放して、散文に展開するにいたった過渡期の変態的形式に過ぎない」のである。論をさらに要約すると、「詩とは、韻文または散文の形式で、ポエジー（Poésie）によって書かれたもの」を意味する。そうであるなら百田宗治のエッセイ「自由詩は散文か」についても同様な解釈ができる。春山の主張は、「詩」を定義づけるものは、形式の韻文でも散文でもなく、そこにポエジーが介在するかどうかである。そのポエジーとは、新しい詩的精神あるいは文学的精神を指している。

この詩論は、絶えず二つの論点から展開されている。ひとつは、概念の歴史的位置づけ、ふたつめは、ポエジーの視点からの批判である。当時の春山の批評の立脚点がよく解かる。この歴史的概念の曖昧さとポエジーへの根本的解釈の不鮮明さによる詩的停滞と頽廃とを理由に、大正期の旧詩壇を、「無詩学」と呼んだのである。彼は、「散文詩」「自由詩」等が、無定見に語られる定型詩から口語自由詩へと推移する混乱期の中で、「現代詩の源流」を形作ることに寄与したことは間違いない。しかしながら、後に大きな課題も残したのである。春山の言う「古来のままの韻文」である短歌や俳句から、「詩」として独立していく過程の中で、喪失したものや混迷を深めたものは大きい。そうした意味で、小島輝正の「定型をはなれることで始まった現代詩の放浪は今日でも続いている」という指摘は重要である。よく考えれば当然なことであるがこの真実は案外忘れさられている。

『詩と詩論』第三冊には、「高速度詩論その二」として「無詩学時代の批評的決算」が書かれている。高速度詩論の一と二を繋ぐものは、ただ大正期の日本詩壇の「無詩学」ぶりの要因探しとそれへの論駁である。ある意味、アジテーション、つまり煽動色の強い論評になっている。彼は、自然主義を科学的精神と理解し、「ポエジー」と相反するものとして捉えている。それに基づく自然主義文学の出発は、「文学即ちポエジイという立場に反対」し、「文学であってポエジイを持たなかった」と手厳しい。その考えをベースにして、〈感傷主義詩派〉、〈民衆詩派〉、〈デカタ《（ママ）》ニスト〉、〈人生派〉を痛罵する。

とりわけ〈感傷主義詩派〉と〈民衆詩派〉には容赦がない。その〈感傷主義詩派〉の一人室生犀星の詩「詩中の劔」の中の「行詰まった奴は行詰まらない奴より壮絶だといふことを知らないか」という一節を槍玉にあげている。詩が行詰まっているのは、「ポエジー」の本質を知らないため韻文法則の「フォルム」を壊し、「思想乃至生活の表現人としての現実に対する接触（Contact）が貧弱であるからだ」と非難する。簡単に言えば、詩の行き詰まりは、詩とは何かの行詰まり以外の何ものでもないと言い切っている。

生田春月と萩原朔太郎については、それぞれの詩「廃屋の春」と詩「郵便局の窓口」を取り上げ言及している。春月の「野糞のひと山」という詩句を捉え、「単に現実を描写して、露骨に材料を用いること」が春月流の「無花果の葉を取り去る」ことであり、「更にはポエジイの飛躍なのであろうか」と不快感を露わにしている。また同様に朔太郎の「父上よ／何が人生について残っているのか／僕はかなしい空虚感から、／貧しい財布の底をかぞへてみた。／すべての人生を銅貨にかへて／道路の敷石に叩きつけた。／故郷よ／老いたまへる父上よ」（二連の抜粋）という詩のイメージから、春山は次のように憤り疑問を投げかけている。「抒情小曲的感傷を投げ棄てて、人生、あるいは生活の部分を示す時、どうして揃いも揃ってこういう落伍者的シィンを歌いたがるか」と。春山のこの生真面目な論評は、的を射すぎて滑稽でさえある。彼らは、「感傷性の脱却」を履き違えているとさらに声高である。こうした「素材」選びや形式によって、感傷性を「脱却」できると考えた「ポエジィの観念」こそが、間違っていると批判を重ねている。だから「無詩学」だと繰り返すのである。春山は端的に、こう言うべきだったかも知れない。詩は、実人生の再現ではなく、虚構としての美や思想を含んだ思念であると。

旧い文学観念の韻文精神を支持した〈感傷主義詩派〉とは逆に、〈民衆詩派〉は、「新興文学としての自然主義」が展開しようとした文学見地から、新しいポエジーの展開をめざそうとしたと春山は論じている。その結果、「韻文精神の長い伝統」による詩学・詩論と、近代に到って急速に展開された「散文芸術」の文学論との対立により、「文学の観念」が「ポエジー」をめぐって語られるようになったのは意義深いことだと持ち上げている。そのことに、〈民衆詩派〉が重要な役割を果たし、大きな転換期をもたらしたことへの、春山の評価は珍しく高い。彼はまた、「散文の発達は、ついにポエジイの表現を韻文法則以外のところに発見することに成功したのである」と記してもいる。そこには、春山の旧い韻文法則の縛りから解放される喜びに近いものが感じられる。「韻文法則を必要としない文学」の誕生への春山の賛辞と評価は、「新しい文学の観念は、更にそれに快適新鮮な発達を散文表現の中に於て成し遂げたのである」

と言わしめている。こうして見ると、昭和初期の詩壇の前衛・モダニズムは、以外なことに、〈民衆詩派〉の、いわば「自然主義」の路線の延長上にあるとも言える。ただ〈民衆詩派〉の詩人たちが、特に「ポエジー」には無頓着で、象徴主義詩への反動から、それを破壊し続け、何ものも建設することなく、旧態依然の韻文世界に後退したことに幻滅を感じている。結局、自然主義の文学理論の根拠になった「文学の外在的批評」の発生により、従来の文学の基調になっていた「内在的批評」が軽視されたことがその原因であると彼は結論付けている。つまり、表現された詩句の構成要素を分析したり、内容と技巧の関係を見る「内在的批評」を放棄し、「外在的批評」から作品等の社会的意義のみを追求したことは、〈民衆詩派〉の欠陥に他ならないと論断する。その姿勢を引き継いだ〈プロレタリヤ詩派〉も同様に、「文学以下」とこき下ろしている。この「マルクシズム一派の社会的方法による文学批評の追求」と「新しいエスプリによって散文芸術に一致したポエジイの文学的純粋化」による衝突は、春山にとって、抜き差しならない旧詩壇との闘いの論点だと言って良いだろう。

〈デカタ《（ママ）》ニスト〉については、北原白秋、佐藤惣之助等、をあげ、「過去の光栄ある象徴主義詩が、その美しい抒情主義の産湯をつかった余り水を、永久に掻回す流派に過ぎない」と皮肉っている。その一人に同郷の金子光晴を挙げている。当時春山は、金子のモダニズムから脱皮した戦中戦後の「反骨の詩人」の姿を予想だにしなかっただろう。

〈人生派〉については、〈デカタ《（ママ）》ニスト〉から転換した高村光太郎、中西悟堂に新しく尾崎喜八を加えている。「自然主義以後のポエジイの流派に（中略）詩的色彩を持って出てきた」最初の詩人と持ち上げる一方、「甚だ天然的な、平凡な観念を唄う」ものとして新時代からは遠いと評している。とりわけ、高村光太郎については、「ブルジョワ風な常識」のため「甚だ平凡な観念詩人」と規定し、「詩人とは特権でない。不可避である」という彼の一文に強く反発している。この文章は、光太郎が草野心平の詩集『第百階級』の序文に書いたものである。この「詩人は特権」であると言う春山の主張について、草野心平は、『詩と詩論』第四冊のなかで「反対一件」として疑義を唱えている。「詩人・ぼくは家も作りたい（或は作りたくない）だがどうしても詩を作らずにいられない。（不可避）。彼等よりもっとすばらしい詩を書ける素質をもっている」という表現の方が真実に近いと心平は反論している。さらに続けて「即ち詩人に特権はない。即ち『特権を自覚することによる不可避のものも』あり得ない。『特権を自覚する』ことによって詩を書いた詩人は一人もいなかった」と心平は語気を強めている。春山は、その回答の冒頭こう切り出す。「僕のいう詩人の特権とは、単に詩人の専門的技術を指しているといってもよい」と。こうした表現の中に、モダニスト（近代主義者）・春山の欧米の芸術新思潮に影響された合理精神が見え隠れする。草野心平の言う「詩を作らずにいられない」という詩人の不可避性を、自然発生的な詩作の旧弊なあり方につながるものとして蔑視する彼の立ち位置こそ、大正期の旧詩壇を攻撃する根拠でもあった。春山は、詩が自然発生であるより、詩を書くことの方法化を明らかにすることが重要であり、その自覚による「技術」の独自性に新しい詩の創造的価値＝ポエジーを見ようとしたのである。そのために覚書「超現実主義の詩論」（第六冊）の中でも自然発生のポエムである「歌謡」と訣別しそれに付随する「童謡」とも袂を分かっている。「現代詩」の領域の狭隘さを生み出した要因のひとつはこの当たりにもあるだろう。

この「特権」をめぐる論争は、草野心平の生の根源的な宇宙を内蔵する詩人と、日常のざわめく生の全体性を扱わない純粋詩を希求する詩人・春山行夫との違いを鮮明にしている。

敵対する旧詩壇の象徴と見なしている萩原に対して、春山の攻撃は執拗である。「萩原朔太郎氏の『詩論』について」（『詩と詩論』第六冊）は、前述した「日本近代象徴主義の終焉」、「ポエジイとは何であるか」、「無詩学時代の批評的決算」の補足であり、少し詳細な説明であり、初期詩論の集大成に近いものになっている。ただ矛先は、すべて朔太郎に向けられている。前半は「散文詩入門提要」と副題をつけ、これまで再三論じてきた内容である。春山の闘争心に火をつけたのは、詩誌『オルフェオン』（四号）の誌上で、萩原が百田宗治に反論したエッセイの中の一節である。

その春山君の詩論といふのも、僕が既に『日本詩人』時代に書いたことで、今さら何も新しい思想でない。同じく僕にとってみれば過去に卒業ずみの舊聞である。（中略）百田君の論文に語り盡していない別の原理が、春山行夫君の詩論にあるとしても、根本に於ける大前提が、僕の昔の自由詩論と同じであり（後略）

当該者・春山の「詩論を読まず」に、「今さら何も新らしい思想でない」「根本に於ける大前提が、僕の昔の自由詩論と同じ」と軽くあしらった萩原に春山は憤慨している。そのため、萩原と百田の論争に割り込んで参戦する格好になった。つまらない文学的見栄の応酬である。かつて詩作の上で、影響を受けた著名詩人を論敵に廻す逆説こそ、若き春山をいっそう奮い立たせたかも知れない。

春山は、萩原の「詩論」そのものが、「形式要素を詩の本質」とする旧式なものだと論断する。その論拠に「小説」との区別のために挙げた「詩」の二つの特色、「簡潔な表現形式」と「耳に訴える音楽上の効果」のみを論じるだけで、内容に触れていないことを理由にしている。詩を「韻文」、小説を「散文」と単純に捉え、両者の性質をフォルムのみで決まると考えて、韻文・散文を用いる内容の目的によることに想いが到らない萩原の無知蒙昧ぶりを批判している。春山は、萩原の名著『詩の原理』の中の「散文詩」という字義解釈の一例を取り上げ、詩と散文を対立関係として捉える彼の認識に反論を加えている。この二つのものが、非対立関係にあるという春山の自説は一貫して変わっていない。誤解の原因は、萩原が「ポエジー」と「詩」との区別だけでなく、「韻文」と「ポエジー」との区別もついていないためというのが春山の主張である。繰り返すが、春山にとって「詩」とは、「韻文」または「散文」の形式で、「ポエジー」によって書かれたものである。実に単純な思想である。この「ポエジー」の「進化」を物指しにして、作品の新旧を査定することに、この時期、春山は忙しかった。「ポエジー」とは、形式要素＝素材を、技術によって秩序化し、美にむかう活動と規定することが、この段階での春山の詩論にはふさわしい気がする。

ここで断って置かねばならないことがある。私は、春山の意見に同調して、萩原朔太郎の詩論を貶めることを意図している訳ではない。それよりも、春山の言説の断片を辿ることで、見えにくい彼の詩論のイメージの全貌に少しでも触れてみたいだけである。

後半のタイトルには「詩人の著席」とあり、「萩原朔太郎氏の『詩論』の再批判」という副題がついている。春山からの批判に対して朔太郎が送りつけた回答が、『オルフェオン』第六号に掲載されている。

君は何によって『詩』と『非詩』とを區別するか。君の思想によれば君の所謂ポエジイの有無によるだらう。これは極めて單純な思想である（中略）だが若しさうとするならば、あらゆる大概の文學は……小説でも、戯曲でも感想でも随筆でも――殆んど皆例外なしに詩と見られる。なぜなら文學それ自體が本来詩的精神に立脚するものであり、意義のポエジイに基調しないで、どんな散文學も有り得ないからである。

この朔太郎の論旨は正統なものである。春山の追求から出た苦し紛れの表現では勿論ない。もともと両者のこうした文学的背景の共通点は所々に散見される。冷静にそれが凝視できないのは別の問題による。萩原が述べたと言う「『散文のポエジー』が『衆愚の流行』であり、それのみが彼等にとって『新しいもの』である」という批評は、進歩的なモダニスト・春山にとって、刺戟的であり耳に痛い言葉だったはずだ。「新しさ」が、価値のすべてである詩人にとって、そのことが「衆愚の流行」に過ぎないとしたら誠にお笑い草である。萩原と佐藤一英にとっての「象徴詩」論争の最後に、佐藤が朔太郎に送った言葉が、春山自身に向けられる刃になるからである。「芸術それ自身のうちに新価値基準をさがし廻っているものは、やがて疲労の代償のみを得るであろう」。モダニズムの旗手として出発した春山の悲劇のアキレスはこのあたりにもある。

春山は、続いて朔太郎の認識方法を、プリミティブな哲学的態度として疑問視している。朔太郎は、対象への認識もなく価値の批判に走りたがるという言い方がそれだ。「批判の対象となる作品それ自身の方法上の哲学にもう少し脳髄を働かせる必要がある。態度の哲学から技術の哲学へ進む必要がある。夢想の詩人から計算の詩人へ進む必要がある」と春山は畳みかける。それは「萩原氏の自称高級思想はすべて自然発生の詩を中心とする非技術的な態度上の常識に基づいたものにすぎぬ」というドラスティックな批評的判断を前提にしている。春山は、「技術（方法）の哲学」こそ高い文学を生むと信じ切っている。詩人を「専門的な技術者」として位置づけているのである。こうした考え方は、北川冬彦が「新散文詩への道」（『詩と詩論』第三冊）の中で述べた、詩人を「一個の構成物を築くところの技師」とする論旨とも符合する。

朔太郎の詩作の歩みは、韻文を壊し、口語自由詩を完成させ、最後に再び韻文の世界・文語定型詩へと回帰していった。つまり彼は、「なぜ韻文法則が破れるに到ったのか」という批評としての最大の原因究明を見過ごしていると春山は指弾する。それは、同時代の自由詩の詩人にも同じく言えることだとも述べている。この問いは、思いのほか根源的である。それは、韻文から散文へと表現様式が展開される際、単に韻文の法則を踏まえずに、破壊したという外形上の変化に留まらないからである。かつての叙事詩が、散文の小説に移行した時に、その移行を必然ならしめた理由を詩に問うているからである。春山は、抒情詩から詩的散文への推移を、次のように考察し論述している。

散文の発達に多くを學ばねばならない。特に自然主義のリアリズムの手法の獨立の如きは、純粋の散文の esthêtique（美学）として、多くの暗示を持つものといはねばならないのである。僕が散文の Poësie と呼んでいるものは、實にかやうな純粋状態に於ける散文の技術の獨立を可能とする esthêtique（美学）を指す。

この散文の esthêtique 即ち散文の Poesie を、僕は（意味の意味）の展開に見る。リアリズムが、叙事詩からそれ自身を獨立し、更に發達したもの、それは（意味の意味）の確立に外ならない。

（「萩原朔太郎氏の『詩論』について」）

引用としてはいささか冗長であるが、語られている内容は極めて重要である。自然主義文学時代の詩の文学評論の限界の推移を見ようとすれば、すべてこの一点を中心に見なければならないという一文には彼の確信が漲っている。パルナシアンの（不動）も、象徴派の（暗示）もすべてこの（意味の意味）の独立に向かわんとしていた点に深い意味があるとは卓越した意見である。朔太郎のようにその現象である韻文法則の破壊だけに中心を置く見方は、文学の歴史的観点からの批評が不足している。だから韻文法則を破るに到った根底的な原因が、（意味の意味）の確立にあったことを殆ど気づきもしなかったと決めつけている。

何度も春山は繰り返す。朔太郎たちは、依然として詩を韻文の抒情詩から一歩も進展させていない。しかも、抒情詩が韻文であるが故の美しさを弊履《へいり》のように捨て去っている。従ってこの立場は、当然抒情詩の美しさそのものとも全面的に背馳する立場であると春山は非難する。

抒情詩は原則として理智にではなく、感情に訴えるものである。従ってその表現に韻律の魔術的な魅力が加わって初めて藝術として成立つのであって、（ブレモン）説必ずしも内容の humanité にあるのではない。

韻律法則を破壊する詩は、即ち散文の詩は、さういふ感情に訴へる詩とは根柢的に異なるところの出発を持つ詩である。従って感情に訴へることをしないが故に、韻律を必要としないのであり、その代り理智に止揚されるが故に意味の意味が必要となるのである。散文のstyleが韻文のrythmeに代わつて重視されるに到った原因はここにあるのである。

（「萩原朔太郎氏の『詩論』について」）

このあたりの文脈は、論理が明快であり説得力がある。「現実的感情を再現」する「原始的快楽」としての韻文のリズムに代わって、理智に止揚される意味の意味としての散文のスタイルへの変化こそ春山の「新しいポエジー」の宣言だったのである。

こうして見ると、春山の詩論の全貌が多少は見えてくる。どうやらそれは、詩は自然発生でなく、詩の方法化を意識し、その専門的な技術に支えられた散文によるボエジーをはらむ純粋詩を目指すものである。詩的な言語水準の物指しを、様々な主観的な評価を排除して、「ポエジーの進化」に春山は求めた。究極的には、韻律から解放された散文詩に未來を託そうとしたのである。この方向性は、北川冬彦のエッセイ「新散文詩への道」の次のような論旨とも共鳴し合う。「そもそも日本の詩に『音楽』を要求するのは無意義である。（中略）日本の詩はすみやかに言葉の音楽に諦めをつけ、言葉の結合の生む『メカニスム』の力に、その本然の姿を見なければならぬ」。それが春山たち『詩と詩論』が、原理的に追求しょうとした「詩の再認識」

であり、新しい詩の「映像《イメージ》」というものであった。

ここに、近代詩が、モダニズムの影響を受けて、いわゆる「現代詩」へと変化する分岐点がある。詩の基盤は、「情感」から「理知」に移り、「音韻」を離れて、「イメージ」の創造に力が注がれることになる。詩そのものは、「自然発生」ではなく、「意識化・方法化」され、「歌う行為」から「思考の美学」へと変貌するのである。

Ⅳ　詩集『植物の断面』の前衛の美学

春山行夫は、昭和四年に、詩集『植物の断面』を『現代の芸術と批評』叢書の一冊として厚生閣書店から出版している。この叢書からは、詩集では安西冬衛『軍艦茉莉』、北園克衛『白のアルバム』、北川冬彦『戦争』、吉田一穂『故園の書』、竹中郁『ラグビィ』等が刊行されている。芸術論では、西脇順三郎『超現実主義論』、阿部知二『主知的文学論』、飯島正『映画芸術論』等、翻訳では、堀辰雄訳の『コクトオ抄』、三好達治訳のボオドレエル『巴里の憂鬱』等、同時代のモダニズム文学の形成に多大な影響を与えた詩人たちを代表する著書ばかりである。春山は、いわば、「アバンギャルド」としての自負を持って、モダニズムの結実とも言える叢書を企画し出版することで、旧世代と一線を画し、「新たな詩」の確立とその推進運動を、眼に見えるファッションにしようと試みたのである。

その中の一冊としてこの詩集『植物の断面』はある。題名も当時としては一風変わっている。

この特異な命名には「非情なる実験」としてのニュアンスを感じ取ることが出来る。掲載された作品も、無題であり、「＊」の記号がついているだけである。大きな章立てとしては、「一年」、「ALBUM」、「REALITE」、「苑」と分かれ、そこに制作年代が印刷されているだけである。無味乾燥であるが、それなりの意図を感じさせることは確かだ。連作の詩「一年」の冒頭は次のように始まる。

＊

薔薇の花が咲いたり蘆《あし》の葉が戦《そよ》いだりすると
爾《きみ》はいつも僕を思ふといふ
その時どんなに一年が僕等にたくさんであらう

一月僕等は生れる鋪石《しきいし》の雪である
二月僕等は燃える煖爐の物語である
三月僕等は花咲《ひら》く温室のチユウリツプである
四月僕等は喋言《しゃべ》るお寺の白鳩である
五月僕等は笑ふ公園の廻旋鞦韆である
六月僕等は唄う月夜のカスタネツトである

七月僕等は夢見る廣椽《バルコン》の花火である
八月僕等は忘れてしまつた馬車の中の扇である
九月僕等は寒がりな風見鶏《かざみ》の風である
十月僕等は咳をする葡萄畑の噴水《ふきあげ》である
十一月僕等は嘆く落葉の道化役者《ヘアレキン》である
十二月僕等は死んだ墓場の氷雨である

そしてまたも夕焼がしたり三日月が出たりすると
爾《なんじ》はおなじやうに僕を思ふといふが
いまはどんなに一年が僕等に空虚《むなし》いことであらう

詩集の全体の構成は、四季の時間の推移を、非日本的な「風景」や「物象」で捉え、「行夫くん」と「恒《つねし》くん」の会話や夢をとおして、「童話《メルヘン》」の旅を語るものになっている。「＊」の記号は、切断と同時に連続の役割も果たしている。良家の子息風な言葉使いは、多少鼻につくが、なんとなく少年愛を感じさせる物語の手法は、北村初雄の詩集『正午の果實』などの影響であろう。ただし北村の場合は、「恒子さん」という女性であり、作風はロマンティズムの香りが高く、象徴技法を取り入れた純粋詩に近いものである。

詩「一年」は、所々象徴詩風の残滓をとどめながら、「構成」、「会話体」、「童話《メルヘン》」を折り込み、日本的情緒を排して乾いた詩をめざしている。春山は、この連作詩に、「前衛」としての様々な意匠をこらした観がある。詩の文体は、単純で、直裁的な表現であるが、暗喩としてのイメージは鮮明である。韻文にこだわった時期に較べ言葉は自由に解き放たれている。この連作の新しい特徴は、言葉から、「心理」や「生理」等を取り除いて、現実感のない「純粋さ」を追求する試みの中で、世界を童話的で、絵葉書的な複製に変えてしまうところであろう。日本的風土を取り払い、匂いと生活を消し去る「人工楽園」には、ある時期のジャン・コクトーのイメージもよぎる。

*

榛《はしばみ》の林にtwilight《ツワイライト》
僕が薔薇を探してゐると
白い三角帽の長腰蜂が
蠻人のやうに慌ててかへり
梢のたくさんの黒い巣には
青い鳩が夕《ゆふべ》の祈りをはじめ

果樹園のむかふの露臺では
恒《つねし》くんがマグネシウムを焚《た》いて
back! back! と廣《ひろ》い穹窿《そら》に描《か》く
芒《すすき》のやうな花火がパチパチ
睫毛《まつげ》のさきまで霧が匂《にほ》つてきて
見れば榛《はしばみ》の林に鏽金《いぶしきん》の月!

右の詩の色彩は、鮮やかという他はない。薔薇、蜂、鳩、などの「物象」は、魔法のように踊り出し、立体的で流動的な時空の広がりを持ちながら、童話的な世界へと続いている。まるで夢の中を生きる二人が、眼がくらむほどのフラッシュを浴び、点滅する花火の音と色と、沸き起こる霧を睫毛のさきで匂うという感覚は不思議なくらいリアリティがある。最終の「榛《はしばみ》の林に鏽金《いぶしきん》の月」の一行は、絵具の鮮度が高いことで、逆に現実感を失っている。濃厚で鮮やかな童話的な絵葉書を見るようで、人工的な質の転換を遂げている。夢の中に、真実を求める詩作の姿勢が、窺われる。春山はある意味で、「シュルレアリスム」を齧っているが、共感の度合いはわからない。最終的には、「自動記述」よりも、理性がイメージを統御できる合理的な夢幻に身を置いたのだろう。

連作二十一篇の各詩篇にそうした詩句の断片が見られる。

「水のなかの一枚の皿のやうに／枯枝を透くパステルの白い穹窿《そら》」や「光線のすべての栓がぬかれた室内では／食器棚のすべての銀製スプンがひかり」等がそれである。また「微風《そよかぜ》がリボンのやうに唄ってゆく」「穹窿《そら》に忘れられた銀の靴」「グルグルまはるブリキの鶏」「薄紗《れえす》のやうに翻る胡蝶」「三日月の黄金《きん》の指輪」と挙げれば切りがない。ここで再び鑑賞できることは、透きとおった実体のない美と生命を取り去った複製としての装飾品、艶やかな童話への飛躍につきる。そこには、体温と鳴き声と生命体を欠いたブリキの風見鶏がモチーフになっていることとも関係が深いだろう。

＊

微風《そよかぜ》が明るいテラツスを過《す》ぎる
煙草が行進曲のリズムで上騰する
puf puf puf puf…………
屋根の上でお太陽《てんと》さまが破裂してゐる
窓で僕と恒《つね》くんが思索してゐる
時々思想が部屋を出たりはいつたり
樫机で僕は周章《あは》てて鵝ペンをとる
屋根の上で鳩がお伽話をしてゐる

puf puf puf puf……
煙草が花束の形を描《えが》いて上騰する
微風《そよかぜ》が明るいテラツスを過ぎる

吐き出される煙草のけむりは、行進曲のようなリズムをとり、破裂するお太陽《てんと》さまは、童話的宇宙のなか小型模型のエネルギッシュな生き物に変わっている。僕と恒くんの思索の内容は示されず、「思想」さえ物象として部屋を自由に出入りしている。結局、言葉は、心理や生理だけでなく、概念をも希薄にしてその輪郭の枠組みだけを残し内実ゼロの世界に接近している。そのことを自我の希薄化と批判する向きもあるが、意図的にめざしたものだけに仕方がない。さらには、陰影の喪失から、光りばかりが支配しがちな現代社会と相似した世界が構築されていて、精神世界の立体的な豊潤さは生み出されにくくなっている。お伽話をする鳩は、絵本の中に住んでいて、煙草のけむりは花束の形を描いて立ちのぼり、微風に消えていくばかりである。無に帰する危うい夢幻の中に詩が成立している。

さらに付け加えれば、連作詩「一年」の中には、「ボナアルの風景」、「リルケ詩集一巻」、「マリイ・ロオランサンの夏の夕べ」、「ドビッシイの『子供の部屋』」、「Arabian-night の挿絵本」、「唐詩選」、など音楽・絵画・文学の作品名と作品の一部が見受けられる。いくらかペダンチックとも取れるが、そうではなく、「書物」や「作品」を取り上げることで、目の前の外界だけが「現実」ではなく、虚構つまり表現された「現実」も詩を書く対象となりうることを暗に示したのだろう。身辺雑記が、「現実」のすべてであった日本のある時期の風潮への、ささやかな反抗であろう。それだけでなく、春山の中に、文学に限って言えば、文学的伝統を大事にするための小道具として、歴史意識を表現しようと試みたのかも知れない。

V　春山・モダニズムへの批判

春山行夫は、どちらかといえばほのかにフランス・ジャムなどの香りのする抒情詩において、彼本来の甘美な詩情を定着している。「恒くんに捧げるアルバム」と副題のある『白い絵本』五篇は、彼のそういう一面をよく示す佳作といえる。これら「一月」「二月」「四月」「八月」「十一月」の諸篇は、いずれも詩集『植物の断片』(昭和四年七月)の《一年》の章に収録され、やや甘ったるい青春期の少年愛的な情感を伝える。私の考えでは、春山はそのフォルマリスムの実験的作品よりも、素直な抒情的作品において格段にすぐれている。

(『昭和詩史』)

右の引用は、『詩と詩論』時代の初期の春山行夫の詩について、大岡信が加えた論評である。そこには大岡の透明感のある「抒情詩」への嗜好が反映されている。ただ、これらの「抒情詩」は、前述したように、言葉から、心理や生理や概念を取り去って、「純粋詩的な形式美」

の追求の途上に生れたものである。欧米の輸入文化の氾濫の中、生活の匂いを消し去り、「夢」見る経験をとおして童話的な人工楽園を浮かびあがらせている。それは、大岡が危惧する「ことばの意味のおもいがけない結合のおもしろさだけをねらった単なるモザイク」の詩ではなく、新しいリリシズムへの評価と私には読める。ここで、春山の詩の背景にあった新鮮な言語表現のリアリティを支えたものは、この場合、下地にある幼少年期の至福な生活への追憶と、心理や生理を取り去り、知性で統御された言葉の関係は朽ちないという彼の信仰だったように思える。

一方、大岡は、「純粋詩的な形式美」をめざす途上の作品を、「素直な抒情詩」と評価し、終着である「フォルマリスムの実験的作品」、たとえば、詩集『植物の断面』の《ALBUM》の章の「白い少女」については否定的である。それは、「実際には、たとえば『白い少女』いう語を縦、横に並べた、あのよく知られた作品のようなものしか生まなかったのである」という文章に如実に表われている。結局、大岡信は、旧来の自然主義的描写ではないが、別のやり方で、ひとつの観念を伝達あるいは描写するものに他ならないと考えたからであろう。その作品は次のとおりである。

＊

白い少女　白い少女　白い少女　白い少女　白い少女　白い少女
白い少女　白い少女　白い少女　白い少女　白い少女　白い少女
白い少女　白い少女　白い少女　白い少女　白い少女　白い少女
白い少女　白い少女　白い少女　白い少女　白い少女　白い少女
白い少女　白い少女　白い少女　白い少女　白い少女　白い少女
白い少女　白い少女　白い少女　白い少女　白い少女　白い少女
白い少女　白い少女　白い少女　白い少女　白い少女　白い少女
白い少女　白い少女　白い少女　白い少女　白い少女　白い少女
白い少女　白い少女　白い少女　白い少女　白い少女　白い少女
白い少女　白い少女　白い少女　白い少女　白い少女　白い少女
白い少女　白い少女　白い少女　白い少女　白い少女　白い少女
白い少女　白い少女　白い少女　白い少女　白い少女　白い少女
白い少女　白い少女　白い少女　白い少女　白い少女　白い少女
白い少女　白い少女　白い少女　白い少女　白い少女　白い少女

この作品について伊藤信吉は、大正四年に出版された山村暮鳥の詩集『聖三稜玻璃』に収録されている詩「風景」と比較して、次のように鑑賞している。「いちめんのなのはな」を繰り返すその詩の発想は、自然主義的であり、「白い少女」の方は構成的であり、イメージの純粋度も高いと述べている。また暗喩的なウイットも加味されていると付け加えている。そこから、「白い少女」たちを、体操場に整列した白い形象群、あるいは、白い花がならんだチューリップ畑と見ても読者の自由であると理解の裁量を広げている。ただ、こうした解釈を、『詩と詩論』八冊の「図形論 ★主知主義詩學の提出」の中で、並木弘一は、旧い詩学の価値規準による誤読として斥けている。この詩が、構成論的方法のもとに試みられたとすれば、「白い少女」と言う言葉の示す内容ではなく、幾何学における点や線と同じく、ひとつの空間構成の機械的存在に過ぎないと論を展開している。この並木と春山行夫の文体や思考様式は、同一人物かと思われるほど重なっている。最終的には、詩の形式に、「図形」を取り入れたことは、詩の構成論として、主知主義美学の美を成立させるための知的な試みであった、と結論づけている。つまり、「白」を意識した「新しい造形美の実験」であったことは間違いない。この点は、信吉もほぼ同じ感想を抱いている。ここには、空間構成はあっても時間はない。

春山とは対照的な、プロレタリア詩の運動に身を投じていた伊藤信吉は、同時代を生きたものとして、実に率直な意見を述べている。

『白い少女』という文字を無数に配列した奇異な作品をはじめ、その作の新形式による作品をみて、私は私なりの刺戟をうけたことを記憶している。ありていにいってこの『白い少女』が、はたして『詩』であるかどうか私はよく分らない。だがここに作者のいう『ポエジイ』の在ることはたしかだし、意味を否定した詩という點では、これはいうまでもなく『詩』なのである。この詩はその『意味』のなさにおいて、詩もしくは詩精神のあたらしいあり方を語ったもので、それが多くの論議を呼んだのは當然であった。

（『現代日本詩人全集⑬』の解説）

こんなに簡潔に、直裁的に語られると爽快感さえ覚える。信吉の同時代への共感と端的な批評は、当時の時代状況と春山の創造への等身大の評価とを映し出している。信吉は、この「奇矯な作品」が新鮮な刺戟をあたえ、新しい詩的表現であり得たのは、そうした表現を求める雰囲気が、当時の若い世代の間に渦巻いていたからに他ならないと冷静に判断している。そして、この時代の雰囲気を先導し、そうした気運を醸成したのは、他ならぬ春山行夫その人だったと指摘する。さらには、詩人・春山を、新詩精神運動の「主導的理論家」であると同時に、その理論を、作品をもって実証する「理論的實作家」でもあったと評している。こうした、時代に寄り添い、人の業績と苦悩を曇りなき眼で洞察する信吉だからこそ、発し得た言葉がある。

いまからみると『白い少女』などの表現や、フォルムの美に集中された詩観はたやすく批判できるけれども、當時においてはこれが決定的な、ある意味では支配的な魅力だったのである。ひつきよう行夫の詩論と作品はわが國の現代詩が、一度は通過しなければならなかつたモダニズムの精神やその美學を典型することによつて、そこに前代を遮斷して一つの時代を形成するという、そうした内的必然性をもつていたとみるべきである。

（『現代日本詩人全集⑬』の解説）

これは、『詩と詩論』の創刊から三十年を経て、信吉の眼に見えた静かで動かしがたいモダニズムの遠景であろう。時代を抜きにして、安易に作品を批判することはたやすい。同時代を生きたものが、共有する精神的雰囲気の中で、ともに呼吸をし、立ち尽くして見た現実を通してしか、真実は見えてこない。日本の詩歌の厖大な素養を背景に持ち、高い眼識を備えた優れた詩人・評論家である大岡信が、それを知らないはずもない。しかしながら、時として、自らが立つ「現在」の視点で、「過去」を安易に裁くという知的賢《さか》しらを、無意識の内に冒してしまうことがある。大岡の名著『蕩児の家系』のテーマである、前時代を批判し、伝統との断絶を生んでゆくことが、日本の近・現代詩の正史であることの発見と指摘を彼自身が論証したということは、ある意味、皮肉と言わなければならない。

かつての政治色の強い文学的季節の中でも、唯一・芸術派の擁護者であった大岡だけに、仮に試みの一部の失敗を認めながら、実験的な態度へのおしみない賛辞をおくったにしても評論家としての評価がさがることはないだろう。これまで広い視野から抑制のきいた鋭い評論活動を展開し続けてきた大岡であるが、『現代詩試論』の論調は一部、若書きの感は否めない。次の引用は、春山の『詩と詩論』時代の回想の一部である。

「エスプリがあるとかないとかいうのでなく、だれもが道ばたで金塊を拾うようにポケットにエスプリを一杯つめこんでいた。みんなエスプリがありすぎて、困ったような時代だった」。

大岡は、この回想を取り上げ、春山の「恐るべき時代認識の幼稚さ」にあきれ果てている。それは、世界恐慌後の深刻な不況、頻発するストライキ、満州事変、五・一五事件と悪化する時代情況を無視して、「エスプリ」をカクレミノに、うつつを抜かす無神経な生き方と見なしたからであろう。こうした「こころの傾向」は、シュルレアリスムの輸入・移植の際にも、西欧社会における「既成価値の転覆」と「新しい世界観の建設」という「前衛・革命」思考は抜き取られ、日本の旧詩壇への反逆の単なる意匠としてのみ利用されたからである。日本のモダニズムの詩人たちは、シュルレアリスムに、「倫理的なもの」も、「他者に対する責任」も導き出せはしなかった。この大岡の指摘は、鋭く深い今日的課題でもある。ただこの「エスプリ」についての回想を、春山の全体像と捉えるには多少異論がある。それは、その後の春山のエッセイや詩を読めばわかるからである。

『満洲風物誌』という旅行記を、昭和十五年十一月に春山は出版している。昭和十四年の十月末から約一ヶ月間、日本雑誌記者団満州国調査隊の一員として、満州国と北支を見学した報告書である。彼は「詩人・文明批評家」の視点に立って見聞きしたことを記録に留めている。同行者の顔合わせと壮行会の席で、ある来賓の「満州国を大いに批評してほしい、その代り満州国を好きになつてほしい」という挨拶が、張りつめた気持ちをやわらげさせたと彼は言う。しかしながら、置かれている時代情況の反映からか、春山は政治的な発言には、かなり神経を使っている。その中で慎重に言葉を選びながら筆記している、次のような箇所に眼がとまる。

満洲國に於いては、政治は政治的イデオロギイの問題であるよりは、むしろ政治的技術に属する。政治の實験といふ意味は、取りも直さず政治の技術的実験をいふことに外ならない。私はかつてルーズヴエルトが、ニユー・デイルは實験であり、結果が悪かつたら再び實験をはじめればいいと言つたことを想起する。それは政治家としての無責任を意味するのでなく、むしろ政治の責任を全國民と共に負擔することを意味してゐると思ふ。（『満洲風物誌』）

こうした発想と認識は、当時の帝国日本の国策に直接触れずに要望を示す工夫として、精一杯の表現だったかも知れない。春山は当時、「満洲國」という新国家を、ベルサイユ体制以後の最も新しい国家的性格を持った国という歴史認識に立っていた。ソビエトやドイツのナチズム、それにイタリアのファシズムは、人為的な「革命」によって国家の方向を変更したため、政策は対立するイデオロギイの制約を受けると春山は論述する。しかしながら、新しく発生した満州国は、伝統的国家のような縛りもなく、「いままでなんびとも試みなかった新政策」を試みることとに強い期待を寄せている。彼は、アメリカ的な進歩主義の思想とピューリタニズムから生れた「開拓者精神」を、この広大な異郷に夢みていたらしい。ただ春山の心理は、多少屈折していて、「満洲國の政治形態が、果たして私の思考するやうな意味の實驗を標榜してゐるものか否かを私は知らない」とも述べている。さらに、彼は、満州国の新しい文化都市・新京に未来を托し、踏み込んで次のように書き続けるのである。

新京はすべてがこれからの世界だ、といふことは餘りにも明瞭な回答であるが、その新しさ、未来性に醉つた、情熱的言葉は、まづ最初に文化の建設者によつて占められねばならない。イデオロジイは本能に、集団に向かつて呼びかけられる。私は叡智に、個人に向かつて呼びかける高いエスプリを満洲國の文化人に感じたい。

(『満洲風物誌』)

こう語る春山に、正直言って大岡信が指摘する「恐るべき時代認識の幼稚さ」を感じ取ることは出来ない。それよりも、本能に働きかける集団主義に対峙して、叡智に働きかける個人の文化創造的精神の力強ささえ感じるのである。「エスプリ」を乱発した春山の回想の中には、昭和初期の日本における欧米の芸術新思潮の洪水の後の、いわばカーニバル的祝祭の空しさを背景に見る方がふさわしいような気がする。春山は当時、個人と叡智に呼びかける「エスプリ」を、心に持ち合わせていたと見るべきであろう。

また日本のモダニズムの詩人たちが、「日本語の宿命的な貧困を少しでも正すということについての自覚的要請を感じてはいなかった」という大岡の厳しい批判についても疑問が湧くのである。大正末期の詩の停滞と混迷の中、陰鬱で、窒息しそうな詩的世界から、「詩」を解放し、近代化を図り、「詩」の領域を広げた功績は大きい。良くも悪くも、このモダニズム詩の新しい運動が、「現代詩」の源流を形成しているという厳然たる事実は変わらない。それは、モダニズムの言語がある意味、「未来性」を孕んでいた事による。上田敏の絢爛たる言語群が過去に根差し、堀口大学の分析的な言語群が未来を見据えているようにである。それも一時的・偶発的な流行ではなく、時代精神が求めた内的必然だったのである。

吉本隆明は、春山行夫をモダニズム詩運動の理論家として位置づけながら、「現代詩の問題」の中で、春山の詩論「散文詩の展開」を取り上げ痛烈に批判している。とりわけ「如何なる方法によつて書かれてゐるかがポエジイの問題であつて、如何なる意味が書かれてゐるかは文学の問題にすぎないからである」とした春山の文学理論に痛棒をくらわせている。吉本にとって「詩から意味を切り離すことは、いうまでもなく内部世界と社会的現実とのかかわりあいを断絶することを意味する」言語の根幹にかかわる問題であった。「この内部世界と外部世界とを断絶したところに詩の表現の問題は成り立たない」と批判の追及は厳しい。春山がめざす詩は、「音楽や絵画などと共に発達した文字の芸術であって、意味の文学ではない」と彼は断言している。そこに吉本は、「日本のモダニズム詩の本質な性格」を見抜き、攻撃の矛先をゆるめなかった。「春山の詩論は、ただ、単に内部世界と外部との現実とのかかわりあいを放棄して、日本資本主義の高度化していく上層安定感のうえにあぐらをかいたにすぎなかった」と結論づけている。そうしたモダニズムの詩を、内部世界を喪失した軽薄な形式主義として痛罵している。

春山の詩論は、持ってまわった翻訳調の表現や未だ流通しない文学用語を多用するため不明瞭な点が多く誤解を受けやすいことは確かである。

春山は、「ポエジイ論」の中でも次のようにアフォリズム風な断章を書きなぐっている。「意味によってあまりに混亂した詩はすべての葉を失ふかはりに、無作法な雀らの群集する一本の木を思はせる」。

この警句は、旧詩壇の意味の過剰と混乱への否定から発せられた言葉であろう。春山のめざす言語の全体像を考えれば、単純に内部と外的現実とを遮断する意図は汲み取りにくい。前述した「萩原朔太郎氏の『詩論』について」の中でも、散文詩を感情に訴える抒情詩と区別して、理智に止揚されるため「意味の意味の独立」の必要性を再三繰り返している。春山は、自然主義のリアリズムの手法を小説から独立させ、それを取り入れながら、純粋な散文の美学の確立の中に散文詩のポエジーを発見しようとしたのである。それを吉本の言う「コトバの芸術」と呼ぶことは構わないが、「意味の文学」の喪失と断定することは軽々であろう。

吉本隆明の「『四季派』の本質——三好達治を中心に——」は、春山の内部世界を喪失した詩論への批判の延長上にある。軍事体制化が、急速に進む社会状況の中で、当時の日本の社会構造に、「西洋的近代化」と「アジア的後進性」の二つの特質を見つめた吉本の問題意識は深かった。この「近代的要素」と「封建的要素」との「奇妙な併存」の中にある戦時下の社会的特質に批評を加えることなく始まった、三好達治など「四季」派の「戦争讃美詩」創作への転落を鮮やかに解析してみせる。それは、モダニズムの意匠を棄て、庶民的情緒に同化することで、戦争期の支配体制に迎合するという精神構造の道筋を明確に指摘するものであった。ただ吉本の該博な知識と思想闘争により構築された理論を「ものさし」にして、大上段にすべてを斬り捨てる論理の爽快さの中に失われた「詳細《ディテール》」がある。高村光太郎の戦争讃美詩に向かう転身ぶりを、そのまま三好達治に当てはめたり、「日本の恒常民」を前近代的な農村共同体の心性として捉え、浮遊する都市住民の大衆文化をそれと同一視するという鈴木貞美の指摘などは耳を傾けるに値する。そうした「詳細《ディテール》」喪失のひとつに歪んだ春山像もある。

春山が書いた、おそらく最後と思われる詩と出会ったのは、藤本寿彦著『周縁としてのモダニズム――日本現代詩の底流――』のテキストの中である。中村洋子編『人物書誌大系㉔　春山行夫』により改めて確かめて見たが、昭和十六年以後、少年倶楽部に発表された「兵隊さんの顔」、「鉄塔」の児童詩以外に、新しく書かれた「詩」は見あたらない。すべて評論と随筆ばかりである。こうした事実や新資料の発見は、きわめて貴重でありそれらの持つ意義は大きい。個々の「詳細《ディテール》」を積み上げることでしか、真実は見えてこないからだ。そこに戦後思想の巨人・吉本隆明の思いもよらない陥穽がある。
春山の最後に書かれた作品は、昭和十四年『蠟人形』の十月号に掲載されている。

収穫期
Fragment

小麦の収穫が終つたら
ダンチツヒ問題が悪化した
飛行機がヂエラルミンの美学を捨てた
未来の上に白墨の線が縦横に引かれる
現実があらゆるモラルに影を落す
政治家と詩人と棉花商人が
赤い自動自転車で運ばれる

正午頃かな
太陽だけが機械のやうに動いてゐる
ナチスの旗が理性のやうにひるがへり

カトリツクの鐘が愛情のやうになりはじめる
（あるひはその反対かも知れない）
ラヂオが世界を一　週《（ママ）》するあひだ
タイピストがキヤベツ畑を散歩して
ドロシイ、ラムールの口まねをする

M・G要塞線に沿つて
蝶が純粋にとんでゐる
葉巻をくはへたグルーチヨ・マルクスと
腕章をつけたチヤツプリンが
新しい歴史のコメデイに登場
タイトルはGreat war IIだ

都会にも沙漠にも珊瑚礁にも
ニユースと宣伝が幻覚を溢れさせる
経済の温度表があがり
思考が世界にさよならをする

虚偽があらゆる人間をつつみ
抽象が氷のやうに消失する

この詩に、「戦時下における詩人・春山のスタンス」を見た藤本の炯眼と彼の新しい情報を発掘する優れた能力を見て取ることは容易である。詩のモチーフは、第二次世界大戦の発端となった、ポーランド権益を有する港湾都市・ダンチヒへのナチスドイツの侵攻である。博識で情報収集家の春山は、ジャーナリスチックな手際で情報をすばやく処理し、詩へと昇華させている。詩の全体構成は、アイロニーとカリカチュアによる風刺とも読める。題名が「収穫期」であることが、狂気と殺戮と破壊の始まりと対照を成している。「未来の上に」「縦横に引かれた」「白墨の線」、政財界や文化人が懐柔され何処かに運ばれる様が滑稽である。

ただ、太陽だけが機械のように秩序正しく運行している。ひるがえるナチスの旗に理性を、なりはじめるカトリックの鐘に愛情を表現する春山の眼に、現実を風刺する批評精神が滲んでいる。ラジオから発せられる世界に向けた放送は、ゆっくりすぎて、タイピストがキャベツ畑を散歩して、人気歌手のドロシー・ラムールの口まねをするくらい悠長なものだ。

フランスがドイツ防衛ラインとして構築したマジノ線と、それに対抗するドイツのジークフリート線上を蝶が純粋に飛んでいる。それが暗示するものは何か。ナンセンスなギャグの極致をゆくグルーチョ・マルクスは葉巻をくわえて、チャップリンはナチスの腕章をつけて独裁者として、新しい歴史のコメディに登場する。タイトルは第二次世界大戦だ。ここに春山の未来を予見する戯画の背後に危機感が読み取れる。

最終連では、世界が思考とさよならして物を考えなくなり、虚偽が人間のあいだにはびこって、抽象が氷のように消失すると書く。

ここに詩人・春山の戦時下の確かなスタンスがある。思考から離れて、現実を抽象化する表現を失う時、彼は詩作を断念したのかも知れない。春山は、権力側に不都合なモダニズムの意匠を捨て去って、封建的な民衆の日常的な秩序感覚に同化し、支配体制に迎合する道筋を選ばなかった。吉本の言うモダニストが陥った顚末を歩まなかったのである。勿論、戦争高揚詩を書けるはずもなかった。藤本寿彦の「書かないこと」を選んだとする解釈はその意味で頷けるものがある。この幾分、意味のむきだしな詩が対峙している絶望的な未来像は個が背負うには大き過ぎる。チャップリンの映画『独裁者』の放映以前に、それを想起させるイメージを先取りする春山の想像力は、詩人というより気鋭のジャーナリストの精神に近いものがある。素材としての外的現実を、時間的な発酵をへて、固有な内的現実に成熟させることなく、素材にすばやく反応する春山の筆耕の中に彼の詩的沈黙の予兆がある。言い方によっては、彼は、現実との手応えを起点に据えたとき、評論、エッセイという方法を選び取ったと言えるかも知れない。

また、この詩「収穫期」は、春山が、総合雑誌『セルパン』の編集長時代に、ヒトラー『我が闘争』のダイジェスト版（昭和十四年八月号）を一挙掲載したことを指摘する小島輝正に対してのひとつの回答にもなり得る。このセルパン版『我が闘争』は、期間を措かず、訳者名・室伏高信で第一書房から単行本として刊行されている。秀逸な評論『春山行夫ノート』の著者である小島は、この掲載を「かりにそれがコマーシャル・ベースでの選択で必ずしも『思想的』な選択を意味していなかったにせよ、明らかに無節操な選択」であることに苦言を呈している。「梅雨も去って本格的な夏になつた。なにか暑気を吹きとばすやうな仕事がしたいと思つてゐた折柄『我が闘争』のアメリカ訳が送られてきたので、夏の暑さと闘ふには格好の仕事」と記述する編集後記・「執筆者の椅子」を受けての感慨であろう。さらに踏み込んで、小島はこう付け加えている。「つねに『新しい』ものを追い求めて、当時はまちがいなく『革新』であったヒトラー・ナチズムにその『新しさ』のゆえに喰いついた春山『モダニズム』のアキレス腱をも、ここで指摘することができるだろう」。こうした書き方が意味するところは、わからなくもないが、この詩を読む限り、春山はそこまで能天気な詩人・批評家ではなかったということである。しかも、この詩が『蠟人形』に掲載されたのは、『我が闘争』よりおよそ二ヶ月後の昭和十四年十月号である。

彼の戦争への抵抗の精神は、心の内部に潜んでいたと見るべきであろう。

Ⅵ　春山モダニズムが残したもの

春山には、詩集『植物の断面』以後、小詩集『シルク＆ミルク』と山雅房から出版され『現代詩人集４』に収められている未刊詩集『鳥類学』がある。春山の純粋詩や抽象詩の理論に基づいた形式がほぼ整った時期にあたる。『シルク＆ミルク』（昭和七年九月刊行）に収録された作品は主に『詩と詩論』に発表され、『鳥類学』の作品は昭和七年三月に『詩と詩論』を引き継いで創刊された季刊『文学』に掲載されたものが多い。

詩集『シルク＆ミルク』の詩には、個々の題名は付けられておらず、★印だけが記されている。その中の一篇「海泡石《かいほうせき》の庭」で始まる無題の詩は次のとおりである。

★

　　　　海泡石《かいほうせき》の庭
　　　砂の椅子
　虹の影に成つたホテル
シアボン玉のやうなゴムのまり
海よりもピカピカする

テニスコウトのアンテナ
ギリシヤ語のやうに風を廻轉する
　天使ととびまはる
　　少女と少女
　シヤツとシヤツ
パンのカケラよりも小さい
　階段の黄バラ
　ペンキに注意！
カナリヤが石垣から歌ふ
　一本の桃の木
　　桃の枝
僕のハンテングがパイプを喫ふ
　絹糸の道路に
　　僕が消える

感情や心理や論理の意味を排し、行き着いたひとつの純粋な詩形である。勿論、人間の内面や意味は希薄である。だから時間は流れない。つまり変化しないのである。舶来文化を匂わせる当時の「ハイカラ」な言葉が、「言語断片」として多用化され、凹凸の立体画面と遠近を構成している。それは、簡易カメラで撮ったスナップ写真を組み合わせたアルバム帳にも似ている。「海泡石」「庭」「ホテル」「シアボン玉」「天使」「ギリシヤ語」など、詩人・ジャン・コクトーが初期の作品に好んで使った素材であるが、軽いメルヘンを誘発する語感である。大正期の旧詩壇が、持ち合わせていた日本語の旧弊な韻律と意味の重さから解放され、都会風の軽妙な詩の表出と言うべきであろうか。詩の展開は、後期印象派やキュービズムの絵画的手法からヒントを得ていて、光と種々の断片からなるキュービックな画面構成に類似している。春山が評論「日本近代象徴主義の終焉」の中でこだわった「Cubic」の詩的意味合いが少しは理解できるところであろう。このあたりは、詩集抄の翻訳を手がけたことのあるガートルド・スタインの芸術思想の影響も受けている。そのことは次の詩などに顕著に見られる。

★

私達ハ庭ヲ見ル
庭師ハ庭ニヰルカ
花鉢ニ花ハ咲クカ
ピアノハ玄關ニ横ハルカ

雲ハ輕クアルカ
妹ハ庭ニヰルカ
影ハ壁ヲ這ハヌカ
ソレラハ白粉刷毛ノ形デアルカ
犬ノ尾ハ動カヌカ
コレラノ窓ハ正方形ヲ持タヌカ
庭師ハ庭ニヰルソシテ私ハ室内ニヰル
庭師ハ室内ニヰナイソシテ庭師ハ庭ニヰル
花ハ扉口ニアルソシテ花鉢ニ咲ク
ピアノハ玄關ニアルソシテ鳴ラサレテヰナイ
犬等ハ藪《ヤブ》ニカクレル
私等ハ寝椅子ニ横ハル

（詩集『シルク&ミルク』の十六作品目）

この詩は、漢字とカタカナのみで書かれていて、中性的雰囲気や清潔さを感じさせる。前半はほぼ問いになり、後半がその答えになっている。初級リーダーを思わせる模範的で決まり切った構文は、単純で味気ない詩の文体であり稚拙さも狙った表現のようでもある。「ソシテ」の反復はたどたどしい翻訳調の極みである。そこに習い立ての言葉による、生まれたてのぎこちない世界の出現に新鮮な驚きを見ようとしたのかも知れない。名詞と動詞ばかりの簡潔な文体は、歯切れが良く稚拙さと純粋な詩的感覚とを際出させている。ここにあるものは、「伝達」ではない。「描写」でもない。見えたものは、見えたという客観的価値の事実である。

春山が行き着いた純粋な詩の形式美を語るには、詩集『鳥類学』もそのテキストのひとつであろう。詩「花キャベツ」にはその特色が良く出ている。

花キャベツ

花屋の窓で
ラヂオが鳴る
黄菊白菊
鳩時計
花卉《くわき》球根の
透し文字
ラナンキユラスの
種袋

ホツケイクラブは
薔薇の石垣の中で
ガラスの彫刻です
　銀色の湾と
スプン形の競馬場と
ミルク色の雲と
白い蛾のやうな
海岸の岩とが
シネマのやうな背景です

岬《みさき》に近く
町に遠い
村の四辻
涸《か》れた噴水
学校の門がしまり
ブリキの屋根に
銅像の影が消える

村園門巷多く相似たりで
どこの庭にも
花キヤベツ
ビイル会社の汽笛が
蒸気の花束で
終業の合図です

この詩は、日本の所謂、「農村」が題材ではない。第一連は、岬に近い散村の「文化園」にある花屋の店先の秋の風景である。言葉の断片として、菊や鳩時計などが簡潔に配置され、明るく透きとおっている。ただこの風景は「写実」ではなく、春山が価値として選び取った色と形の言葉による「絵画的造形」である。そこにはくっきりと鮮やかなイメージが展開されている。かつての象徴詩のような、言葉の奥や陰にひそむ暗示的なものを連想させるものは何もない。斬新な色と形とその組み合わせにより、画面の凹凸を視覚化させる即物的な風景詩になっている。遠く海辺に眼をやる第二連の光景では、「スプン形の競馬場」や「白い蛾のやうな／海岸の岩とか」冴えかえる感覚が絶妙の即物的な比喩を形成し印象深い。この「文化園」周辺は、新しく人工的に創られた郊外の雰囲気があり、学校の門が閉じる人気ない時刻には「どこの庭にも／花キヤベツ」のある相似形の生活が営まれている。またビイル会社を素材にして、「蒸気の花束」を終業の合図と見たのは上質のユーモアであろう。春山は、「伝達」ではなく、「写実」でもなく、純粋詩をめざして、言葉による「絵画的造形」を試みたと言えるだろう。そのため、「伝達」する手段に過ぎなかった「技術」が、「目的」そのものになったのである。それを根底から支えていたのは、「新しい美」の創造と「ユーモア」と「風刺の精神」である。彼の批判精神は、ほぼ風刺の中にあった。詩「収穫期」もそれに支えられている。

最終的に、彼が求めた言葉の「造形美」は、ガラス張りの実験室の真空の中に閉じ込められた、永遠に凋れない、しかも匂わない、それでいて眼に鮮やかな造花にすぎないと言う厳しい評価もあるだろう。乾いた感性が構築した美の中に、フレッシュな生命を発見出来なかったと。ただ、モダニズム詩の力は、大正期における旧詩壇が陥った「韻律からの呪縛」と、写実主義が持つ「陰湿な意味の重さ」からの解放であったことを忘れてはならない。伸びやかな「詩的思考」と自由闊達な「技術」を手に入れて言葉は、未来に託されたのである。この春山が提出した造形的な詩の世界は、二十一世紀の今日の現代アートと深く通じ合っている。少女漫画、ファンタジー小説、アニメーション、ライト・ノベル、童話《メルヘン》などの明るい幻想世界と酷似している。心理や内面を喪失し、無重力、無時間の中の過剰な非現実的な乾いた表現は、ポストモダンのオタク系文化の特徴と共通している。

春山行夫が、エスプリ・ヌーヴォを旗印に、季刊『詩と詩論』『文学』をとおして推進した詩の運動がもたらしたものは何だったのだろう。

彼は、眼の前にある旧詩壇との抜き差しならない軋轢に、決着をつけるため、欧米の前衛文学・芸術のモダニズム思想で理論武装を試みたと言えるだろう。それは、大正期の無詩学時代の混乱ぶりを、「新しい価値規準」に基づいて腑分けし、批判吟味を経て、「新しい詩」の創造のための試行錯誤の運動だったのである。そのことにより、これまでの日本の詩人たちの詩の評価と位置づけを見直すことで、旧詩壇の無詩学派を一掃し、「詩の大変革」を目論んだことは間違いのないところである。その際、春山が持ち出したのは、「ポエジー」（詩的思考）と詩の理論と方法化による詩の「技術」の問題であった。理論に基づいて詩を技術として書くということは、春山の言う「日本の詩に与えた根本的な革命」（「ポエジーの出発」）であったと思われる。春山が「詩論」を必要としたのは、旧詩壇の詩の方法化もなく、自然発生的に詠じ続ける感情流露や観念伝達の詩人たちを批判するためだけでなく、その理論の裏付けのためでもあった。だから、彼は、拠って立つ軸を感情や情緒ではなく、「知性」という思考作用に置いたのである。彼は、「自由詩」、「散文詩」が無定見に語られる、「定型詩」から「口語自由詩」へと推移する混乱期の中で、「現代詩」の源流を形成することに寄与したことは確かであろう。それは、欧米の前衛文学・芸術の洪水のような輸入・移植を伴っていたのである。そこで新鮮な時代感覚を呼吸することを忘れなかったのである。

詩について言えば、散文の発達が、旧来の韻文以外のところに「ポエジー」を発見することで、長い間の「韻律の呪縛」から解放されたことも事実である。春山たちは、散文詩による純粋詩的で、抽象的な形式美の造形イメージに強い憧れを持ち、それへの賛辞を惜しまなかった。かつての象徴詩に見られる言葉の奥や陰にひそむ暗示的なものを払拭し、自然主義が持つ「陰湿な意味の重さ」を軽減することで、言葉に「未来性」と言う活路を開いたのである。しかも、それは、現在ある少女漫画の幻想など、ポストモダンのオタク系文化の「現代性」とも通じ合っている。

「詩」を根本から問い直し、理論化することからモダニストたちは出発した。詩の原理を「ポエジー」（詩的思考）をとおして問い続けた詩人・春山たちは、ただ単に文芸作品上の批評者にとどまらなかった。自然や古典に引き籠もり、自らを社会と隔絶するモダニストの軟弱さを批判する風潮が根強い日本の詩史にあって、社会的現実に批評意識が初めて芽吹いたのは意外にもこの世代ではなかろうか。このことについて不思議なくらい誰も言及していない。丸山薫や三好達治にしても、勿論春山も含めて、「戦争讃美詩」だけの狭隘な視野からは見えにくい社会現実への個別の批評精神もある。それが未見の内に、未熟なものとして結実しなかったとしたら、それは批評精神が確立する前の草創期であったためかも知れないと思うのである。大袈裟な言い方をすれば、それは日本人の自我の確立という精神史の問題にも重なるであろう。今後さらに研究されるべき課題でもある。 他に、春山が持ち込んだものは、詩を一個の独立した作品として、その良し悪しを評価判断するのではなく、絶えず歴史的視点から作品を位置づけ、内容を吟味することを忘れなかった点である。この歴史意識こそが、己の立ち位置を決定し、詩の言語的有機体の世界を振り返り、見つめ直させる重要な働きがあった。

　戦後における春山行夫の詩作との訣別の理由を、ここで詮索しようとは思わない。ただ、五月の東京大空襲で厖大な蔵書を焼失したことや、第一書房にいたことで公職追放された事実だけでは納得出来にくいものがあるような気がする。それは、昭和十六年当時の戦時体制下から続く、現実を抽象化する表現を喪失した後で、現実の手応え＝リアリティを、時間による内的発酵を詩ほどには待たない評論やエッセイの中に見い出していたのかも知れないのである。

「僕は議論に於ける春山君の元気をもっと詩にも持って貫いたいと思う」。若い頃、百田宗治主催の「椎の木座談会」の席で、丸山薫が春山に向かって発言した言葉が妙に心に残るのである。

参考文献

詩と詩論　第一冊〜十四冊　厚生閣書店
文学　第一冊〜六冊　厚生閣書店
全詩集大成「現代日本詩人全集⑬」東京創元社　一九五五年一月
日本の詩歌㉕　中央公論社　一九八八年八月新訂再版
春山行夫詩集　吟遊社　一九九〇年七月
楡のパイプを口にして　春山行夫　厚生閣書店　一九二九年四月

ジョイス中心の文学運動　春山行夫　第一書房　一九三三年十二月
新しき詩論　春山行夫　第一書房　一九四〇年三月
満洲風物誌　春山行夫　生活社　一九四〇年十一月
詩と詩論――現代詩の出発　冬至書房新社　一九八〇年五月
昭和詩史――運命共同体を読む　大岡信　思潮社　二〇〇五年一月
蕩児の家系――日本現代詩の歩み　大岡信　思潮社　一九七五年一月
現代詩試論　大岡信　書肆ユリイカ　一九五五年六月
吉本隆明全著作集5　吉本隆明　勁草書房　一九七一年十一月
日本の象徴詩人　窪田般弥　紀伊国屋書店　一九七〇年八月
詩の原理　萩原朔太郎　新潮文庫　一九七〇年六月
海潮音　訳者　上田敏　新潮社　二〇〇七年八月
月下の一群　現代日本の翻訳　堀口大学　講談社文芸文庫　講談社　二〇一一年二月
西条八十　筒井清忠　中央公論新社　二〇〇八年十二月
シュルレアリスムとは何か　巖谷國士　筑摩書房　二〇一一年四月
春山行夫ノート　小島輝正　蜘蛛出版社　一九八〇年十一月
美酒と革嚢　第一書房・長谷川巳之吉　長谷川郁夫　河出書房新社　二〇〇六年八月
戦後思想は　日本を読みそこねてきた　近現代思想史再考　鈴木貞美　平凡社新書　二〇〇九年十二月
周縁としてのモダニズム――日本現代詩の底流――　藤本寿彦　双文社出版　二〇〇九年二月
人物書誌大系㉔　春山行夫　中村洋子編　日外アソシエーツ　一九八一年四月
青騎士1号　青騎士編輯所　一九二二（大正十一）年九月
青騎士3号　青騎士編輯所　一九二二（大正十一）年十一月

青騎士6号　青騎士編輯所　一九二三（大正十二）年三月
青騎士7号　青騎士編輯所　一九二三（大正十二）年四月
青騎士12号　青騎士編輯所　一九二三（大正十二）年十月
青騎士13号　青騎士編輯所　一九二四（大正十三）年三月
名古屋豆本青騎士前後　斎藤光次郎　名古屋タイムズ社付亀山巌友の会　一九六八年五月

論文

昭和初期におけるわが国へのガートルド・スタイン紹介について—特に春山行夫と『詩と詩論』を中心に—　仁木勝治
富岡多恵子の作品世界の変遷におけるガートルド・スタインの影響について　土田順子
春山行夫とジャン・コクトー—『セルパン』コクトー来日特集号をめぐって（2）

第三章　金子光晴　放浪する詩魂

その悲哀と空虚と闇と

Ⅰ　養父の死

金子光晴の養父、荘太郎の死が、彼の寄って立つべき場の喪失と本格的な詩作へのモチーフになったことは確かである。大正五年（一九一六）十月、金子、二十一歳のことである。金子の初期詩篇を、後にまとめた詩集『香爐』の中の詩「秋の日」、「屍」、「棺」などに、その痕跡は見られる。

屍

はや、君が
屍となりしほとりの

明るさ。

その指先の
かぼそくも
くぼれゆくたたみのつめたさ。
ああ、いつまでか
わがかなしみて
かなしみて
茶をくみし日の

このつらきたたみを
はなれえず。

金子自身も詩集の跋文で、「舊作といっても舊すぎる程な幼稚な詩」と述べていて、お世辞にも優れた作品とは言い難い代物であろう。むしろ平凡で感傷的な抒情詩であるが、養父の死への金子の悲痛な心情は直截に伝わって来る。金子にとって、養父は、書画骨董を集め、女義太夫や寄席に通い、お茶屋に遊ぶ江戸情緒の体現者であったろう。「通人」として、江戸趣味に生きるお手本のようなものだったに違いない。江戸の爛熟した文化を、厖大な書籍からだけでなく、生きた「父」をとおして身につけたところに、金子の独自性があるとも言える。単なる「頭脳」ではなく、「身体」を媒体に眼や手で触れたところに、杉本春生が言う「快楽」という認識方法も生れたのかも知れない。擬制である父子が、暗黙のうちに折り合えるのは、封建の遺制である性の享楽からくる意思の疎通への思慕であったという推察はできる。それにしても、金子にとって養父は、忘れがたい大切な人物であったに違いない。彼が、詩人として出発した詩集『こがね蟲』は、一番最初に、亡父の霊前に捧げられていることからもそれは分かる。

初期詩集『香爐』の中では、茶、苔、庭、掛軸、香爐、唄、螺鈿などの素材や文語定型の音韻に、江戸情緒と日本の象徴詩の残滓を窺うことが出来る。作品の一部には、藤村、白秋、それに萩原朔太郎の詩集『月に吠える』の影響なども見受けられる。金子光晴が、独自色を持った詩人として自立するには、この江戸趣味と日本の象徴詩などの表現方法からの脱皮こそが求められるところであった。

養父の死後、金子は、遺産相続への親戚からの異議申し立てを退け、二十万ほどの遺産を手にしている。義母と折半ということであったが、当時としては、かなりの金額である。養母と競うように、金子もその遺産を湯水のように蕩尽していたようである。この頃の彼の生活ぶりや精神的状況が、自伝からもよく分かる。

僕じしんは、意味もなく放埒なくらしをつづけていた。街を歩いていても、ふと旅がしたくなればそのまま、当時まで女中一人を使って一つ家にいた義母などには知らせもせず、汽車に乗って、二晩でも三晩でも、時には一週間でも留守にした。（中略）すべてが、目的のない行動だった。シドンズもさがしあてず、ドン・ファンにもなれなかった僕は、荒れる血をしずめるための小説のしごともものにならず、ただ病身と、いたずらな精神の疲労感、不安感、みたされないための、周囲への八つ当りで、自己の抑制や、秩序への情熱などにはまったく欠けた半ちくな人間になっていた。

（『詩人　金子光晴自伝』）

目的を喪失したこの時期の金子は、つよい欲求不満《フラストレーション》と精神の荒廃の中、自暴自棄に陥っていたことが窺える。病身の中、自分を見失ったまま、やり場のない不満は爆発寸前のところにあったであろう。周囲の人達の立身出世などの期待にも添えず、失望され、見放された劣等感の苦悶のただ中にあったと言ってもよい。マンガン採掘事業にも失敗し、自費出版したアメリカ・デモクラシー詩の影響の色濃い詩集『赤土の家』も、さしたる反響も得られず不発に終っていた。くわえて、遺産は、急速に減り始めていたのである。ある意味、不安と焦りを感じながら、「世間知らず」の詩人には、打つ手は何一つなく、将来の見通しも立たないまま、精神的危機にあったと想像できる。

そんな時に、養父の友人である骨董商の鈴木幸次郎老が、「洋行」の話を持ちこんだのである。それは、「助け船」だったと金子は自伝で述べている。人生の危機の節目ごとに、彼には、引越しや夜逃げや逃亡という放浪の「旅」が待ち構えていた。旅は、金子にとって精神的救済であり、時に地獄巡りにもなり得たのである。ただ第一回の欧州旅行は、彼にとって願ってもない旅になったとも言える。たとえ、旅費の立て替えなど、骨董商である鈴木老人の老獪な商魂に利用され、光晴を後継者にすえる魂胆があったにしてもである。西欧への憧れや、初めての旅の新鮮さから、二十三歳の青年は、興奮気味であった。「陸も海も、香気にみち、ゆく先々におどろきがあった。揚子江の黄濁、大上海の煤にまみれた碼頭、青磁いろの南支那海、かこ法螺《ぼら》のような戎克《ジャンク》船の帆、等々」（『詩人』）。ここに金子光晴のみずみずしい感受性の目覚めを感じ取ることは出来る。モーニングを着て、山高帽をかぶり、旅費をたずさえた晴れやかな外遊と他からは見えたはずである。

II　ブリュッセルと詩魂

大正八年二月十一日に、骨董商の鈴木老人と金子光晴は、神戸を出航して、三月末にイギリスのリバプール港に到着している。その後、二人は、五月にベルギーに渡り、日本古美術品蒐集家＝イヴァン・ルパージュの住むブリュッセルを訪れている。目的は商取引のためである。用件が終ると、鈴木老人は、商売に不向きでその上扱いにくい金子に早々に見切りをつけ、ルパージュに彼を預けてアメリカに旅立っている。

こうしてゆきがかり上、滞在することになった古都ブリュッセルは、金子にとって、詩心を育んでくれた生涯忘れられない土地になった。金子は、ブリュッセル郊外の村ディーケムのカフェの二階の一室を借りて、半自炊生活を始めている。すぐ前にルパージュ邸はあり、朝は読書、昼は散歩と詩作、夜はルパージュ氏と夜が更けるまで話したと言う。「古ブラバンド侯国領の豊かな田園ですごした月日は、僕のその後の人生を決定したといってもいい。このあいだに学びえたもの以外に、その後何程のものもつけ足しはしなかったろう」（『詩人』）と述懐している。金子にとって、「学び」は、単なる書物から吸収するだけではなく、いつも生きた人を通して具体物を手がかりに、野外調査《フィールドワーク》から生れている。そのため知識は、絶えず肉体をそなえていて、血がかよう生き物のようであったと言って良いだろう。彼は、毎晩のルパージュとの対話を通して、ヨーロッパの「石と鉄の文明の伝統の深さ」に触れていたのである。このルパージュについては、今橋映子教授の卓抜な調査・研究によって、詳細が明らかになっている。一八八三年ブリュッセルに生まれ、光晴より十二歳年上である。ブリュッセル自由大学を卒業し、土木工学技師の資格を取得している。妻オルガの父の経営する会社を手伝い、のちに取締役として、陶磁器製造事業に携わる事業家であったらしい。食事時には、召使いが付いていたというからその豪勢な暮らしぶりが窺える。ブリュッセル郊外のディーケムの邸宅は、廊下から屋根裏まで美術品であふれ、まるで美術館のようであったとも伝えられている。また、ルパージュの祖父は、レオポルド一世のオランダからの独立を扶けたという名門の子孫でもあり、ディーケム村の謂《い》わば名士である。氏自身は、共和主義者を自称する自由人で、ジャポニズムの強い影響を受け、日本美術、とりわけ「根付」についてはヨーロッパ一、二の目利きであった。氏と出会わなければ、金子のベルギー、フランスを中心としたヨーロッパ文明への開眼はあり得なかったし、日本の伝統的な美を見直すきっかけも摑めなかったであろう。「日本人の手でなければできない繊細な美を西洋人がどんなに買っているかということを知って、考えさせられるところがあった」(『絶望の精神史』)。このエッセイの一文のなかに、鈴木老人の商いに同行して身につけた知恵だけではなく、東洋の小国である日本の古美術蒐集に情熱を注ぐルパージュとの出会いがあったと判断しても大筋として間違ってはいないだろう。

この時期、ベルギーの詩人エミール・ヴェルハーレンの詩集を二十冊ほど読破し、その詩に心酔している。そして、そこに詠われた風景の中に呼吸をしながら、金子は生活をしていたのである。「風車も藁塚も、ビスケット色の小舎も、麦穂にまじって揺れる野生の矢車草も、寺院の搭も、百姓も、百姓の娘や、子供や、老父も、詩集のなかからそのままとりだされて、現実の世界に配置されたもののようである」。(『詩人』)

こうした古風で落ち着いた村の環境のなかで、規律的で、清浄な生活を送ることは、かつての金子の懶惰な生活からは、想像すら出来ないことであった。金子にとって、ブリュッセルは、すさんだ精神の治癒と恢復からの至福と、生涯の内で最も充実した純粋な時間を経験する場所となったであろう。それを与えてくれたのが師友であるルパージュである。この詩魂の湧きあがる土地フランドルは、旅の単なる滞在地以上の意味を持っている。金子光晴訳『ブェルハァレン詩集』から、彼が過ごした一年半の北欧に近いこの土地の、厳しい自然の巡りのリズムと、いくらか神秘的な歴史の名残にかすかに触れて、少しでも呼応することが出来れば幸いである。

運命に虐げられた者のやう、
耕土、畑地は、さしも老憊し、死にはてて眠る。―こ
　こに春の呪文を殖くは誰ぞ。
たゞ遠く、西の方へ、
その物憂げな餘韻《ひゞき》悲しく、あわたゞしく
貧しい晩禱の鐘、雪の上に殘る。

　藁屋根と、家畜小舎は、
そが悲傷《いたみ》を裂開くがごとく
　さしも、憂愁《うれひ》ふかく立現はれた。
庭園の内、生籬添ひに、
搖れる物干竿の先に、

風に涸き、凍りついた
　田舎男の灰色のシヤツを人は見た。

　殊に　寂れた小村、小村は、
その小屋や、繞壁園囿を緊束し
その恐怖をもかき集む。
さて、その家居は廢れし街道に竝ぶ。
扉口のどの竈にも
切り取られた光線が
　斜に辷り入る。

小川の兩岸は、
群れる花葵の束に推されてゐる。
然し、處女は、岸から岸へ、
たゞ、劍状に
水邊に突立つ
　王様百合《ロアイローリー》の花のみ索す。

（詩「厳寒」（一月）の第二〜四連）

そして、彼女は指の先で、
繁れる植物の葉脈のなかに
　エメラルドの翼で眠る昆蟲を、
離れじとするを輕く引離した。

　又、優しい其腕は、
道傍の繋杭で新芽を喰ふ
羊を近く引寄せ
そつとキッスしてやり、摩《さす》つてやり
おとなしく元へ歸してゆく。

　それから此小さな處女は、
戰勝標の様な枝枝が、
澤山な神話を蔽うてゐる
牧場の古い菩提樹をさがしにゆく。

こゝで、虔しく、三つの呈物を、
その昔、矢張彼女と同じ様に、
牧場の善い處女であった
めづらしき領主の御代の、
大樹の下の美しい仙女らに呈げた。

秋よ。秋よ。
野獣《けもの》たちのひそみ集る
叢林の奥より辛い匂はみなぎる。
熟れし秋よ。物たるい秋よ。
褐の匂い、樹脂の匂新しく
夏立ちそめてよりこゝの林をめぐる。

泡と黄金《きん》、絹と天鵞絨《ビロウド》
騎者達と其騂馬《はねうま》が
重たい蹄鐵で
忽ち畑や、密林を叩いてくる。

（詩「小さな處女」（五月）の第三〜七連）

その韻律的《リトミック》な轟雷《とゞろき》は近付き
反響をかへし、土煙をあげて、
　警鐘《はやがね》のごとくにも氣配《けはひ》は、
大氣を振蕩させて擴がる。

獵の群は過ぎてゆく。電光《いなづま》の様だ。
騎馬の嵐《あらし》に鞭うたれ、
引つちぎられた木の葉つぱが、
襤褸や、脱羽の様に旋巻いて
　あたり近所に飛散らふ。
それ秋よ。情熱醉《こゝろ》へる秋よ！
獵獣の血で眞赤な掌よ！
地平を環《めぐ》る血液《ちしほ》の
　たゆげな飽滿の秋よ！

（詩「狩獵」（十月）の第三～五連）

金子光晴が、初めて滞在した大正八年（一九一九）頃には、ブリュッセルの都市化は進んでいたが、ヴェルハーレンの詩集に詠われたブラマンの田園風景はまだかなり残っていたようだ。

右に引用した詩から読み取れることは、巡り来る厳しい自然の力に従って生きる貧しい農民の生活と素朴で深い信仰である。ここには、厳寒の冬に耐える村人の憂愁とさびれた小さな村の傷ましい光景がある。各家々の竈《かまど》に、斜めに差し込む切り取られた光線だけが、明るさと暖かさをわずかに感じさせる小さな救いとなっている。

詩「小さな處女」は、この地に生きる仙女たち精霊の神話的世界であろう。それを育むだけの森や川や田園などの豊かな自然がまだ息づいていて、ある種の神秘的な幻想が、北欧の明るい五月のなかにも弾んでいる。領主時代の伝説とあいまって、王様百合を摘む少女に、すばしっこい妖精の息づかいを感じるのは翻訳をした金子だけではあるまい。

さらに、領主の末裔たちが催す、狩猟の荒々しい伝統的な祭典の中に、獲物を追って狂い立つ騎馬や死んでゆく獣、それに深傷をおった血まみれの猟犬の悲惨な最期が描かれている。この殺戮の狂熱と興奮と陶酔のあとに、鎮魂の鐘の音が、大地に響きわたる黄昏は実に北欧的である。

この「貧しい農民の生活と信仰」、「精霊がすむ豊かな自然と神話的世界」、「殺戮の享楽への興奮と陶酔する狩猟の祭典」の向こう側に中世が続いている。ヴェルハーレンは、このフランドルの地を、詩「都市の魂」の中で、「人生の逃遁所」と詠っている。中世の闇と近代の光が交錯するこの土地は、金子にとっても疲れた魂を引寄せられる聖地であったかも知れない。金子が持ち帰ったノートの中に、この風土の薫りはわずかでも表現されていたはずである。

Ⅲ　詩集『こがね蟲』の出版

詩集『こがね蟲』が、福士幸次郎の働きかけで新潮社から刊行されたのは、大正十二年（一九二三）七月、金子光晴二十八歳のことである。「自序」「燈火の邦」「誘惑」「金龜子」「風雅帖」「拾遺二篇」「散文詩」「作品年表」の構成からなり、二十四篇の詩が収められている。青春の気負いに満ちた自序には次のように記されている。

古フランドルの此清澄な淨空は、我々旅行者に、第一の清新な古酒を饗應する。我々はイギリスでもフランスでも其清冽な盃を飲むことが出来ない。夫は放縦ではあるが、覺醒的である。快樂的であるが、嚴しい信仰を一時も忘れてゐない

――（旅行記の一節より）――

あゝ然し、此壯麗な自然を鑄る大火爐も、大膽な肉體の果實の房も、皆壞《か》け易い琺瑯細工に過ぎない。そして我々旅行者にとつて、フランドルの一切の夢は、グラス器の風景の樣に、淋しく殘つてゐる。

（『こがね蟲』自序の一節）

この「自序」全体は、若き詩人の驕慢と失望とに揺れ動きながら、栄華と落魄、放縦と覚醒、快楽と信仰など、相矛盾する観念の輝きの中に言葉は至宝としてある。金子が、この土地でま

とまった静寂な時間を享受できたことで、これまでの悶々とした怠惰な半生を見つめ直す機会を得たことは、何物にも代え難いものであったであろう。と同時に、この中世と近代が混在する古フランドルから、あらためて故国「日本」を見直す有効な手段にもなり得たはずである。「石と鉄の西欧的な文明の伝統」の深い視点から透視したものは、「紙と竹と土の文化」が生んだ幻想の美しさの滅び去った世界と浅薄でみにくい西欧の輸入文化である。明治期の断絶を経て、伝統を喪失した日本の文化・芸術への反抗こそ、当時の金子が目論んだ新しい日本の、あるいは東洋的な美の創造であった。そのことは、自伝である『詩人』やエッセイ集『絶望の精神史』の内容からも良く分かる。彼は、西欧に身を置きながら、遙かな生地の幼年時代を追想し、華やかな心象を玻璃質の幻想のなかに永遠に封じ込めようとしたのである。異国趣味《エキゾチズム》として、「日本」を思慕・追想するという転倒の中に、彼の青春の肖像を読み解くことは難しいことではない。それが、詩集『こがね蟲』に収められた作品に、郷愁と感傷とリリシズムとを感じさせる所以でもある。美の陶酔と恍惚の頂きにあって、光が屈折し反射するプリズムの輝きのように、黄金も時の推移の支配下で浪費されるのである。自序の終わりから、この詩集が、亡父の霊前に続いて、師友イヴァン・ルパージュに捧げられていることがわかる。

　雲よ。
栄光ある蒼空の騎乗よ。

渺か、青銅の森の彼方を撼動し、
意《こころ》、王侯の如く倨傲《おご》り、
國境と、白金《プラチナ》の巓を渉る者よ。

お前の心情に榮えてゐる閲歷を語れ。
放縱な胸の憂苦を語れ。

二

憂鬱兒よ、聞け。

それは、地上に春が紫の息を罩め、
微風が涼しい樹皮を車乗する頃、
あゝ、暫く、思慕する魂が、寂寞の徑《こみち》を散策し嘆く頃、
萌芽が、色色の笛を吹き鳴らす頃、

蕨の白い路を、野兎らの躍る頃、

山峡を繞《めぐ》る鳶色の喬木林は燃え、
金襴、照映《てら》し眩ふ雲雲の意想と、精根は、
亂れ噪がない私自《わたくしら》らを、どんなに裕裕と寫映《うつ》しつつ、
無邊の山上湖を航行したか。

どんなに私らは称揚し、
どんなに私らは自負したか。

夕暮、
大火が紅焔《プロミネンス》の如く、黒い寥林の背後を急走《はし》る頃まで、
私らの無言の爆發は、朱色《あけいろ》の靜かな天空を、
どんなに際涯《かぎり》もなく擾がしたか。

どんなに選出された者丈が續いたらうか。
どんな數多い哀楽を、夢を追つたらうか。
（詩「雲」の一、二）

詩「雲」は、三部で構成されている。単発で情感が語られるより、物語をひめながら展開されるいくらか息の長い作品が特徴とも言える。なよやかな韻律に寄りかからず、西欧の模倣を排し、翻訳調の日本の象徴詩を脱皮しようとしている。どちらかと言えば、ホイットマンの影響をうけたデモクラシーの詩人たちの声調に近いが、放漫さはなく言葉の選択と繋がりは緊密である。金子自身、エミール・ヴェルハーレンの「大きな骨格と、ふかい息」に学んだと自伝のなかでも述べていることとそれは符合している。断定と命令と問いかけの中で、反復と畳みかける重韻の手法が、自我の解放された歓喜となって、雄々しく伸び伸びと伝わってきて爽快である。また、まぶしいほどの光を浴びた生命の祝祭の躍動感が随所に溢れている。漢語を多用し、豪華絢爛なイメージを放散させながら、西欧の論理《ロジツク》を展開している。それは、西欧の理性と東洋的な情感の統合とも言える。「耽美主義」、「硬質な美と抒情」との批評を持ってしても、金子の詩の本質を語ったことにはならない。フランス象徴詩の深い影響と感情の表出よりも形象美と技巧を重んじたパルナシアンの呼称を与えたとしても同様である。金子の詩の本質はその表象の奥に潜んでいる。

この高揚した気高き精神＝「雲」は、若き奢りと鬱積した青春の憂苦を語る自己解放への憧れの存在でもある。高らかに鳴り響く自由を希求する讃歌は、自らを縛る何ものをも許さない。己が己を統治する内的表現世界の王国の統治者として、「雲」は君臨する。それは、光晴の屹立する批評精神である。当時、萩原恭次郎、壺井繁治、岡本潤など『赤と黒』の若いアナーキストの詩人たちが、この詩集に共感を寄せていたことを小野十三郎が指摘していることは興味深い。日本の湿潤で、封建的な風土を一掃する乾いた光の中にある華麗な美の創造に、金子は自負心を抱いたことは自序からも読み取れる。それを支えている眼光の奥深くに強靭な批評精神は輝いている。詩集『こがね蟲』の持つ金子光晴の詩の原点はここにある。ただ、「雲」に託された「豪華絢爛」と「脆弱」のはかなさという矛盾の底に、虚無がうずくまっていることも見逃してはならない。

引用は省略しているが、三部の冒頭は「然し」で始まっている。夢見る精神の高みからすれば、「冷たい土に顚落し燃える」花々や薫り匂やかなすべての約束の「遺佚」等の表現は、喪失から生じる空疎と悲哀のイメージに変貌している。この詩は、若き日の気負いと高揚と落胆とを刺し貫く、新しい精神の青春の自画像である。金子光晴は、意匠だけを真似た日本の象徴詩とは遠く離れて、ヴェルハーレンなどの内的息づかいを直に掴み、それを呼吸したのである。

この詩集に見られるもうひとつの特徴は、『都雅《みやび》』の精神《こころ》である。前にも触れたように、金子は、詩集『こがね蟲』を、「西洋の模倣でない、新しい日本の芸術」の「一つの試作」として不遜にも考えていたようである。

あゝ　三月が近づいた。

金晴《きんばれ》の曙の空は、
紅色の樹林《じゅりん》は夢見つつ唄ふ。
緑樹《りょくじゅ》の季節が近づいた。

草叢に鈴蘭《すずらん》の搖れる日は近付いた。

空氣が花花の膩粉と沒藥に咽び、
五官を持つ者の歌ひ、且つ歎く時は近づいた。
少年の物思の日は近づいた。

あゝ此身の記念の三月、美しい三月。

二

今日、紫の山山はうらうら霞み、
銀の雨は四阿《あづまや》の周邊《ほとり》の、金色の若草に降りそそぐ。
それは、最初《はじめて》の戀の覺醒《めざめ》の歔欷か。
嬉しさに、悶に惚々と聽入り、
黒髪熱く少女らは惱亂する。

庭園の祕語《ひそめき》や狂ほしい接吻の音に充滿する。
青篠竹《あをしのだけ》や山樝《さんざし》の結垣《ゆひがき》の間を、
春の雨は、六絃琴の如く歌連れる。

遂には悔の、嗚咽の單律と變る。

（詩「三月」の一、二）

やはり、この詩「三月」も三部の構成からなる。どの詩句も、官能の目覚めが放つ、むせかえるような華麗さと極彩色にいろどられている。とりわけ、第二部に見られる少年期の追想をとおして、『都雅《みやび》』への追求と耽溺の中に、新たな「美の殿堂」を構築する試みは、単に無謀な情熱とは言い切れまい。

題材は雨である。春の雨は、庭園の四阿《あづまや》や草木や結垣《ゆひがき》に、金に銀に降りそそぎ、初恋のすすり泣くような喜悦の始まりと、狂おしいほどに艶めかしく、悩ましい姿態になぞらえながら、六弦琴の鳴り響く多彩な連弾のように歌い、最期に悔恨の咽び泣く単律に変わる。春雨の多様な風姿と調べの変化を、恋愛の生滅する心情と重ねながら的確に妖艶にとらえている。日本の王朝文化の絵巻物を思わせるこの風景は、ただの古典の複製ではなく、西欧に泥酔する精神と北欧の光を通過することで、近代人の感覚と意匠を吸収して新鮮な詩的世界を織りなしている。そこには甘味なエロティシズムさえ漂っている。情緒は旧いが、方法は新しいとも言える。

金子は、少女向けの雑誌に連載した詩のつくり方のエッセイ集『愛と詩ものがたり』の中で、この『都雅《みやび》』について次のように述べている。


人が花を愛したり、鳥を愛したりするやさしい感情は、人と人とが愛しあう感情といっしょで、もともと、どんな利益のためでも、どんな名誉のためでもありません。(中略)王朝中期の『優雅』な生活と文化は、このエレガンスの精神のうえに咲いたうつくしい花々ですが、風流を愛する今日の日本人にも大きな影響を与えていることは見遁《みのが》せません。

日本の『優雅』の精神を支えているものは『もののあわれ』です。『もののあわれ』の感傷は、春から夏、夏から秋へと、季節のうつろいにつれて、人のこころも、風物も永遠に変らずにいることはできない、その哀惜と、痛みから出発したものです。（『愛と詩ものがたり』）

この『もののあわれ』からくる哀惜と痛みは、ほぼこの詩集全篇に満ちていて主調低音を奏でている。詩「時は嘆く」や詩「章句」の「月日は、私の生涯から、閲歴を奪ひ、桃色の羞恥を奪ひ、／カメレオンの官能を奪ふ。」など到るところに散見される。「時」が、「美」や「恋愛」を破壊し、消滅へ向けていっさいを押し流す必然への哀しみを前に、人はなす術もなく佇むのである。『優雅《エレガンス》』は、この残酷な現実を優しく、美しく包む人間の愛と知性から出た方法であり、底の浅い、軽佻《けいちょう》なあそびではないと金子は語っている。詩とは、こうした『優雅』の方法のひとつであるともつけ加えている。

詩「三月」の三部には、「摘草《つみくさ》に繪《ゑ》燈籠《どうろう》、花祭《はなまつり》に、／一生に只一度の、／奇《く》しき馴染の日は近付いた。」という季節を待ち焦がれる興奮気味の詩句がある。故郷・日本の少年期への思慕や追想であるが、この詩全体からはどこかその背景に黄金が潜んでいて、写実というより人工的な輝きが勝っている。「私らが書籍を机に伏せ、／何もかも忘れて酔ふ時は近づいた。」と三部の最終の二行は結ばれている。過ぎゆく「時」が、すべてを解体し、自己をも破滅させ、無秩序へと回帰して混沌と化す中、苦しみを忘れるために陶酔する「生」と「性」がある。この詩集に見られるエロティシズムもそこから発生している。

林叢に、金色の木實《このみ》採る日、
燦めき搖れる青葦の空に、蜻蛉釣る日、
梢に盲目の兜蟲摘む日、

其頃、私は頰赤い少年であつた。
私は熱病程、空想し求める少年であつた。

二

其頃、私は孤り、友遊びを嫌ひ始めた。
其頃、私は鬱病の如く思憧れた。

緋櫻の顔や、金花蟲《たまむし》の唇や、
典麗優雅《やさしくみやびやか》の處女らは、面映《おもは》ゆる藤波や、繪日傘の下に、上氣した。

或日、五月雨《さみだれ》降る徒然《つれづれ》に金の戀札《かるた》を弄んだ。

沈香や月檀香。素馨《そけい》は惱亂し漾うた。

珊瑚樹の如く明るく處女らは興奮した。
指、指は青疊を惚惚と零れた。

私は綾錦の振袖に隠れ
何時《いつ》も、何時も虔《つつま》しく涙ぐんだ。

一人の處女は私を庇《かば》ひ、弟のやうにさし覗き、
燃ゆる頰を推しあてゝ、宥《なだ》めた。
　緑藻の黒髪は私に振垂《ふりさが》つた。
狂死《くるいじに》する窒息から、私は必死に遁走した。
もう、夢現《ゆめうつつ》の中を兎脱《すりぬ》けた。

此身が赤裸の如く羞慚した。
心根は、麻苧《あさを》の如く振亂れた。

其頃私は羞恥《はづかしさ》を罪業よりも恐れてゐた。

（詩「翡翠の家」の一、二）

少年期の追想に始まる日本的、あるいはオリエンタルな色調の濃い作品である。情感豊かで孤独な少年の鬱屈した恋慕は、艶《あで》やかな少女にむけられている。いくらか感傷的な幼きエロスは、心の奥底に虚無と死を孕んでいて、抑制しがたい病のようでもある。緋櫻、金花蟲《たまむし》、藤波に譬えられる少女の容姿が、繪日傘の下で上気する様子は官能的という他はない。また、五月雨の降る日の戀札《かるた》遊びに、沈香や月檀香、さらにはインド、ペルシャあたりの潅木である素馨《そけい》が、つよい芳香を放ち、悩ませ、心を乱しながら漂っている。青疊にこぼれる指先のしなやかな仕草も「私」を魅了してやまない。振袖に隠れ、涙ぐむ「私」を、庇《かば》い宥《なだ》める一人の少女が、燃ゆる頰をおしあて、その振垂《ふりさが》つた黒髪が「私」を窒息させるという狂死へ向かう表現はエロティシズムの極致とも言える。この多彩な漢語の象眼細工のような詩法は、色彩豊かな細密画を彷彿とさせる。禁欲と享楽とに揺れ動く羞恥する少年の恍惚とした陶酔感は、謂わば快楽の混沌とした世界にも通じる。犯してはならない禁則の前に、少女のうっすらとピンクに染まるあたたかい肉体を感じるから不思議である。こうしたエロスは、金龜子《こがねむし》の項に収められた詩や『源氏物語』を思わせる「風雅帖」の項のジャポニズム的色彩の濃い詩の一群にも見られる。そこには、金子の抑制をともなった禁欲主義《ストイシズム》が感じられる。

この禁欲主義《ストイシズム》と表裏の関係に快楽主義があることは言を俟《ま》たない。この詩集の「誘惑」の項に収録されている詩「パラダイス」や「悪魔」にも、エピキュリアンの趣向は鏤《ちりば》められている。

そこには、愛欲と快楽に溺れる恍惚状態《エクスタシー》の楽園やデモーニッシュなエロティシズムが鮮明に表現されている。さらに、詩「誘惑」の全体にわたって、「舞姫」、「博打」、「数奇な運命」、「阿片」など、人間が身を持ち崩してしまう欲望肯定の快楽への誘惑が、やみつきになった麻薬のような吸引力で描かれている。どこまでも下降する美しい堕落の底で、絶望の果てに押さえきれない哄笑がたちのぼっては消えてゆく。それは、ニヒリズムの哲学者の箴言めいた響きを持っている。

これまで、この詩人の「批判精神」と「エロティシズム」に触れて来たが、その背景には理解し難いカオスが貌を覗かせている。詩「神話」に見られる天地創生の混沌と太古の無数の昆虫や爬虫類、怪獣、草木の精霊たちの多様な蠢きとともに性愛の感情は鳴動している。詩「幻術」の中の妖気や幻想のめくるめく幻視や詩「陶酔」の中の野生のにおいとその感触は、混在する感覚の頻繁な交通の中に聖性さえ感じさせる。いずれにしても、茫漠とした風景の中、時折、焦点を絞り込んで大小の動植物や昆虫たちの精霊が艶めかしく躍動する超密画の美の手法は共通して変わらない。つまるところは、美と醜、栄華と落魄、など相矛盾するものがたえず天秤の上で揺れ動く不安感と、同居する創造と破壊とが一切を、混沌の渦の中に投げ込んでしまう精神の闇を蔵している。それが金子光晴を内側から突き動かす愉悦のエナジーになっていると思われる。

金子が詩集『こがね蟲』で試みたことはもうひとつある。それは、内容や精神を入れる器としての様式である。自序では「形態の啓示」とも記しているが、もっと注目されていい視点である。このことについて、優れた研究者である金雪梅が、著書『金子光晴の詩法の変遷　その契機と軌跡』の中で指摘している。それは、金子が福士幸次郎から頼まれて編集・発行人となった詩誌『楽園』の中の楽園通信の主張「ライン本位」の問題である。無著名であるが発行の経緯から考えると金子の記述と推察するという著者に同感である。内容を要約すれば、金子の主張は、ひとつの「単語」にこだわるのでなく、「単語」のまとまったかたまりとしてある「ライン」を重視して、「ライン」で区切るというものである。それもリテラシーやリズム上の、自然で適当な箇所においてである。その「口語のなかから、詩的光彩のある新表現を見出してゆくこと」を通して、口語詩歌が完成されると宣言している。例えば、次の詩句の一節からも、おおよそその意味合いを察することはできる。

黄金より浪費する刻々は近づいた。
悲哀が、生涯の扉に、
美しい金鋲を打つ日は近づいた。
夜夜の寝苦しい頃は近づいた。

（詩「三月」の三の一節）

金子の言う「ライン」とは、ひとつの意味のまとまりを持った行、列を指している。言い換えれば、ひとつの単語に寄りかからず、ひとつの意味を形成するセンテンスとしての独立を目指すということである。このことは必然的に、口語詩歌の「スタイル」の問題に言及せざるを得なくなる。彼は、思いのほか詩歌の本質論を語っているのである。この時期に、詩歌等の「スタイル」を口にした詩人は、ほとんど皆無に近かった。「スタイル」と言う様式の問題は、彼が西欧から持ち帰った宝典であろう。当時、日本の詩壇に、手放しで迎えられていた民衆詩派の口語自由詩が、抱えていた無定形で放漫な詩に対する金子自身の反発の証しであったことは間違いない。彼が、スモール・ステップではなく、もっと大きなスタンスで歌うことを推奨したのは、ヴェルハーレンから会得した「大きな骨格とふかい息」と呼応している。また、この「スタイル」の様式の問題は、必然的に口語自由詩の「定型」をも胚胎している。

　これまで引用した詩「三月」や詩「翡翠の家」でも、その「スタイル」へのこだわりは見受けられる。詩「三月」では、「あゝ、三月がちかづいた。」の詩句は、一部と三部の冒頭に繰り返され、一部の最終行では、「あゝ此身の記念の三月、美しい三月」と表現され、三部の終わりから三行目の「あゝ、戀の三月、僞謾《いつはり》の三月。」と照応した構成になっている。また、一部と三部の文末では、ほぼすべての行を「近づいた。」の韻律で統一している。逆に二部の文末は、終止形で整え「ｒｕ」の音を響かせている。詩「翡翠の家」でも同様なスタイルの変奏が見られる。一部では、文末に三回も「日」を繰り返し重韻しながら、最終二行では「少年であった。」のリフレーンで結んでいる。また、二部、三部の文末は、「た」の脚韻を踏みながら、足並みを揃えると同時に、「如く」の繰り返しも巧みである。四部では、どの行も「其頃」を頭韻として使用して、最終節は「其頃私は神々よりも幸せであった。」のリフレーンで終えている。この反復と畳み込む重韻の手法の中に、金子は何層にも多彩な形象《イメージ》を重ね合わせながら、音の響きを繰り返す呪術的な韻律による意味の強調を試みたに違いない。この新しい詩の「スタイル」の提示こそ、当時の芸術至上主義を目指す日本の象徴派の頽廃と民衆詩派の無定形で放漫な詩とを克服しうるひとつの方法の発見であると一人微笑んだかも知れない。すでに述べたように、反復と重韻の手法は、主にヴェルハーレンなどから修得したものであるが、詩「春が来た」や詩「鐘が鳴る」などの作品はその原形をしっかり留めている。ヴェルハーレン作と言っても見間違うほど似かよっている。さらには、性愛と快楽に溺れる恍惚状態《エクスタシー》を歌った詩「パラダイス」のように同じ題名の詩もあり、縁の深さを改めて感じさせられる。そうした意味でも、当時の西欧の高踏派や象徴主義の詩人たちの思想的洗礼を受けていたのである。

優雅とエロティシズムとが溶けあった混沌の中に、批評精神の輝きを秘めて、新しい様式を創造した詩集『こがね蟲』の魅力は大きいと言わねばならない。

Ⅳ　未刊詩集『大腐爛頌』の系譜としての『水の流浪』

象徴派の美学にとって代わり、民衆詩派や左翼系の詩人たちが台頭する時期に、詩集『こがね蟲』を上梓した金子光晴は、時代の意向に絶えず背を向けて行動するへそ曲がりの詩人といった立ち位置にいる。親しく付き合ってきた富田砕花、百田宗治、白鳥省吾などのデモクラシーの詩人たちに、作品と理論の上では反旗をひるがえしたことになる。かといって、意匠だけを模倣した日本の旧世代の象徴派の詩人たちとは、一線を画したい想いがあった。言い方によっては、西欧の本格的な象徴詩等を、本場で学んだ金子の自負とその金子への敬遠とで、当時、詩壇での彼の居心地はあまり良くはなかったはずである。それでも、千五百部刷ったこの詩集は、新進の詩人としてはよく売れた。「若武者一騎が花々しくのりだした感じだ」という増田篤夫の感想にそれは象徴される。金子は、詩集『こがね蟲』によって、日本の詩人たちの注目をあび、華麗な耽美主義を讃えられ、硬質の抒情美として一部で高い評価を得たことは確かである。それはこの異端の美が、大正末期の詩的停滞の状況にあって、鬱屈する若者の渇望を満たしうる一筋の光明であったからに他ならない。そのために、福士幸次郎、吉田一穂、佐藤惣之助、などの詩友だけでなく、北村初雄、富永太郎、『赤と黒』のアナーキストの詩人、萩原恭次郎、岡本潤、壺井繁治、小野十三郎、など西欧の新思潮に触れた若き詩人たちにも根強い支持者がいたのである。詩壇の主流にはなり得なかったが、正面切って反論されることもなく、詩人・金子光晴としては約束された未来のただ中にあったであろう。

しかしながら、数年後には、『詩と詩論』の第三冊の評論「無詩学時代の批評的決算」の中で、春山行夫は、デカダニストの一人として、北原白秋や佐藤惣之助と一緒に、金子の名を挙げている。「過去の光栄ある象徴主義詩」の美しい抒情の産湯で使った余り水を永遠に掻き回す詩人たちとしてである。

これまでの日本の詩にはなかった、新しい精神とイデアや詩の様式の創造からすれば、詩集『こがね蟲』はもっと評価されても良い内容を含んでいる。時代精神とは無縁な当時の日本人の資質が、彼の真価を見抜けなかったということはあり得る。彼は、日本人にはめずらしく、明治期の日本人の未熟さや歪《いびつ》さを一個人の問題に帰属させないで、「均等のとれない時代の精神」(『詩人』)の所産として理解していた。混迷を生きる人々でさえその犠牲の上にあると認識していた。これは、明治・大正期としては、稀有な歴史認識である。時代精神が人を育て生き方に多大な影響を与えるという発想は、日本人の欠如していた思想である。その中で、現実には遙か昔に失われていた「優雅の美」を追求した絶望感は、金子にとっても覆いがたいものだった。夢見たものが、目覚めた後に残した虚無感は救いようがなかったとも言える。そこに、詩集出版から二ヶ月後、関東大震災がさらに追い打ちをかけたのである。それは、残滓としてあった江戸情緒と文化の瓦解と終焉でもあった。と同時に寄って立つべき根拠を、養父の死以上に失うことになる。まだ体温を保っていた詩集『こがね蟲』の評判もその折りに霧散したのである。家を失い、遺産も底をついて、「ゆくあてもなくうらぶれてさまよいありく」流転の日々の始まりである。この時期の詩集『水の流浪』を指して、金子の詩的変貌を唱えたり、美意識上の激変や断絶はないと言う前に、『大腐爛頌』の一群の詩を視野に入れておく必要がある。この詩群は、後にまとめて出版する予定であったが、疲労と放心のなか、電車に置き忘れて遺失した作品である。その数篇の下書きを頼りに、想い出して書き直したという曰く付きの詩群である。そのためいささか原形時の魅力を失っている嫌いはある。金子自身は『詩人』の中で、「『こがね蟲』とその詩集を併せよんで、光と影の二つのトーンによって僕というものを認識してもらいたかった」と述べている。

一

すべて、腐爛《くさ》らないものはない！

谿のかげ、
森の窪地、
うちしめつた納屋の片すみに、
去年の晴衣《モード》はすたれてゆく。
骨々した針の杪《こずゑ》を、
饑ゑた鴉が、
一丈もある翼を落して

わたる。
ものの腐つてゆくにほひはなつかしい。
どこやら、強い酒のやうだ。

（中略）

私の書物。愛讀して、
胸をどらせた傑作も、
紙から活字が、ばらばらにくづれ散るときがくる。
窓に彈《はじ》いてゆく霰。明日《あす》のしののめ。
わが貴い時も、友情の交りも、
すべてみな、一瞬に明滅する焰。燃えさかつては灰になつてゆくもの。
去歳の落葉。朽ちて重なる形骸。

（後略）

（詩「大腐爛頌」の一の一節）

二

くさつてゆく。くさつてゆく。

萌黄に、
紅に、
虹色に、
わが地球も、林檎のやうに熟れて、
にほひかんばしくくさつてゆく。

はなだいろにかげる地を掘つて、
墓掘人夫たちがしづかに擔きおろす。
新しい棺のなかには、
簪をさし、臙脂を染めた
ほのぼのとした屍。
明珠をうづめるやうに、
十三夜月を雲にかくすやうに、
人は、哀惜に心をいためながら
ありし幻ばかりを抱いてかへる。

おゝ。日夜の大腐爛よ。

（詩「大腐爛頌」の二の一、二連）

私が目をふさぐと、腐爛の宇宙は、
大揚子江が西から東にみなぎるやうに
私達と一緒にながれる腐爛の群の方へ、
轟音をつくつてたぎり立ち、
目をひらけば、光洽《あまね》く、目もくらみ、
生命の大氾濫となつて、
戦ひの旌旗のやうに、天にはためくのだ！

（詩「大腐爛頌」の三の最終連）

宇宙のすべてのものが、破壊、解体され、腐爛し、「無」へと回帰する。この自然生成の原理は一切に及んでいて例外はない。この詩には、詩集『こがね蟲』のような華麗さはない。逆に、華麗さが、剝がれ落ちてゆく過程こそ、この「大腐爛頌」という詩の美学である。その脱落する風景の中に虚無が貌を覗かせている。幾分むき出しの観念が気にならないでもないが、金子のもうひとつの表情を知るに充分である。彼の言うように、詩集『こがね蟲』が光であるなら、『大腐爛頌』の詩群は影あるいは闇である。ニヒリズムの通奏低音が途切れることなく響いている。

（前略）
およそ、疲労《つかれ》より美しい感覚はない。
おゝ、硝子壜の中の倦い容積を眺めよ！
そこに、非人情な水の深潭をみよ！

人生は花の如く淋しい海の流轉である。
破れ易い水脈《みを》の嘆き、
水のなかの水の旅立ち……。

忽ち！　水は激しい焦燥憂慮の潮に囚はれる。
花崗石の絶壁に添ひ、白い苦鹽はもがく。
硝子の畦の海藻の花の疲れ
青眼鏡の底の白内障《そこひ》の水泡……。
（後略）

（詩「水の流浪」の一節）

赤、青、黄の強い原色の郷愁《ノスタルジヤ》……
濡れた燕がツイツイと走る五月の雨空、

狭い港町の、ペンキの板圍《いたがこひ》した貧しい古靴店がある。
店一ぱい、軒先にも、店にも、はげすゝけた古靴、破れ靴、
大きな泥のまゝの長靴や、戯けた子供靴迄
すべて、この人の生に歩み疲れ、捨てられたものらの
朽壊れた廢船舶《まるきぶね》が聚つてゐる。
……おゝ、悲しい哀傷的《ユーモラス》な港景だ。

人情よ、零落の甘さ、悔もなさ、慕しさよ。
俺は、只俺の人生が泣きたくなつた。

（詩「古靴店」）

右に挙げた二篇の詩は、詩集『水の流浪』に収録されている。ひとつは、「帰結もなく、出立もない旅の旅である」「わが悲しい水の流浪」の主題を追い、他のひとつは、古靴に「人の生に歩み疲れ、捨てられたものら」のユーモアとペーソスが入り交じった存在の悲しさを見ている。『大腐爛頌』が念頭にあれば、詩集『こがね蟲』からの変貌ぶりや落差にさして驚きはしないだろう。『水の流浪』は、つまり金子のもうひとつの貌である「闇」の系譜に属するものであるからだ。そのため、『こがね蟲』に較べれば、言葉の豪華絢爛さは失われている。装

飾をそぎ落した黒白に近い形象《イメージ》が一段と低いトーンで詠われている。そこには水の呻き声さえ聞こえてくる。その理由を、関東大震災や「ゆくあてもなくうらぶれてさまよいありく」貧窮した生活にもとめることは簡単であり間違いではない。ただ、それよりも、それに伴って生じた夢見る対象や美の変質を指摘することの方が意義は大きいような気がする。

詩集『こがね蟲』は、黄金のひそむ美の人工楽園の、神々や精霊たちとともに昂揚する志向を持っている。逆に、美の解体から虚無に回帰する詩集『水の流浪』は、下降意識が働いている。俯瞰から匍匐へのこの長い旅は、神々の流竄《るざん》ともいえる道行きである。人間が棲む土地への眩暈する下降は、地霊および地獄巡りであり、落魄する魂の記録である。その点、ボードレールと気質的に似た詩人である。詩集『水の流浪』は、この詩人の転機とも言える。

V　異国への放浪

疲れ果てた放浪のさなか、森三千代との出会いは救いであったと金子は述べている。大正十三年七月には結婚し、翌年三月に長男乾《けん》が生れている。家族を持った詩人の日常はさらに悲惨を極める。遺産はとっくに使い果たし、貧乏のどん底の中、その日をしのぐための金策に明け暮れる毎日が続いている。八月には重い脚気を患った乾を、長崎の三千代の実家にあずけ、昭和元年の三月頃、夫婦で上海に渡り中国の文士たちと交流もしている。帰国後は、また家賃が滞り追い出されたり、夜逃げをしたり、転々と住居を変える日々であった。このあたりの詳細は、他の様々な関連文献に任せることにする。ただ、昭和三年の妻三千代の「恋愛事件」は、金子にとって衝撃であり触れない訳にはいかないだろう。この年の三月、金子は国木田虎雄に誘われて、三千代をおよそ二ヶ月も東京に置き去ったまま、上海に逗留していた。その留守中に、三千代は、東大の学生でアナーキズムの理論家・土方定一と恋に落ちる。その青年と同棲する妻を、草野心平の案内で、隠れ家から連れ戻す金子の情慾を焼きつくすような嫉妬の焔と悲憤の術さえ失われた落胆の苦痛は測り知れないものがあったであろう。彼は面子をあれこれ言うよりも、三千代への良き理解者として振る舞い、日本を発つ直前、土方との恋の清算のための一ヶ月の生活を三千代に認めている。その後、決着を日本逃亡に求めたのである。

　戀人よ。妹よ。
おもつてもごらん。
遠い、遠い、あのくにで
ふたりつきりで暮す樂しさを。
おまへに似合ふそのくにで、
氣がねもなしに愛しあひ、
愛し足り、死んでゆくことを。
蒸氣のふかい中空の

うるんだやうな日の光は、
おまへの涙でかゞやいた
うらぎりの眼とおんなじで、
私にはどうしても忘れられない。

あそこではなにもかも、おもひ通りで、うつくしく、
おほまかで、平和で、ゆるしあつて、

つやつやと拭き込んだ
じだいのついた家具類で、
ふたりの部屋をかざらうよ。
名もしらぬ花の薫りが、
龍涎香とまじりたゞよひ、
豪奢な天井、
奥ふかい姿見
東洋風なきらびやかさで、
それらすべてが、私に、

耳にやさしい、土地言葉で、
こつそりさゝやきかけるだらう。

右の詩は、金子が三千代と一緒に日本を離れる時に書いたものではない。ボードレールの詩集『悪の華』に収録された、著名な詩「旅へのいざなひ」の金子光晴の訳詩による冒頭三連である。それにしても、置かれている状況が金子本人の作と見まがうほど酷似している。この発見に一人悦に入っていたが、既に、研究者・鈴村和成が著作『金子光晴、ランボーと会う』の中で指摘している。金子が、三千代に日本脱出のための西欧渡航の話を持ちかけた際に、どのようにささやいたかはわからない。ただ、この詩と重なる想いは、巴里行を望んだ三千代とは違って金子にはかすかにあったかも知れないと、凡俗でいくらか下卑た想像をしてみるのである。けれども、この「旅」は、生活の行きづまりや文学への情熱回復というより、三千代と青年の関係を絶つための残忍な手段であったことは間違いないのである。ほとぼりを冷ますための「逃亡」であった。その当りのことを、『どくろ杯』の中では、次のように書かれている。

なんの計画も、希望もなく、日本を離れるためにだけ出てきた私たちの外地第一歩で、いままでのような旅行者ではなく、生死をあずける別の心組みで飛びこんでゆく私たちに、上海は、疥癬でかさぶたになった大きな胸をひろげている。

「とうとう、来てしまったのね」

私の横にすりよってきて彼女は、のどのつぶれたような低い声でいった。こんなところまで私をつれてきてしまったのね、という批難がその底にこもっているようにきこえた。

「賽《さい》は振られたのさ」

私のことばのうらには、もうここまで来ては、手も足も出まいという意地わるさと得意さが、じぶんでもひやりとするような調子をひびかせた。

（『どくろ杯』）


批評家たちにより、ひろく引用されている一節である。金子の深奥にある愛の持つ凶暴さと悪魔的で冷酷な影がよぎる一瞬でもある。金子は、すべてを投げ打って、なんとも気の重い「逃亡」を引き受けながら、二人の情愛の回復に賭けたあがきが、無謀さを呼び込んだとも言える。海外出航前に長崎滞在を引き伸ばす彼の優柔不断さが示すものは、虚無に培われた頽廃と懐疑の所産である。成りゆきに任せる以外、打つ手がない精神の危機にあったというのは文飾ではなかろう。およそ五年間にわたる長い放浪の旅の始まりが、この「陰謀と阿片と売春の上海」であった。

金子は、これまで上海には何回となく足をはこんでいる。彼を魅了してやまない上海を次のように逆説的な賛辞で飾っている。「漆喰と煉瓦と、赤甍の屋根とでできた、横ひろがりにひろがっただけの、なんの面白味もない街ではあるが、雑多な風俗の混淆や、世界の屑、ながれ

もの の落ちてあつまるところとしてのやくざな魅力で衆目を寄せ、干いた赤いかさぶたのようにそれはつづいていた。かさぶたのしたの痛さや、血や、膿でぶよぶよしている街の舗石は、石炭殻や、赤さびにまみれ、糞便やなま痰でよごれたうえを、落日で焼かれ、なが雨で叩かれ、生きていることの酷《むご》さとつらさを、いやがうえに、人の身に沁み、こころにこたえさせる」(『どくろ杯』)。こんな残酷で汚穢にみちた街に不思議と金子は安らぎを見出している。街というより「生」にと言った方が良いかも知れない。それは、「追われもの」、「喰いつめもの」や無頼の同胞のあつまるなかにまぎれ込み、目立たずに同系の保護色で身を潜めることで、自分の汚濁を忘れるという自己防衛の麻薬のような陶酔感に近いものである。この巴里行きの旅を取り止めて、妻と青年との恋を忘却しつくし自分がなんとか立ち直るまで、「この上海の灰汁《あく》だまりのなかにつかっていてもいいとおもった」と金子は心情を吐露する。モラルも秩序も正当な価値さえも脱落した、別の生のルールが支配する弱肉強食の欲望の体系に金子が見たものは、傷だらけの裸の生の残酷さであり、その底辺に生きる醜悪で逞しいその日の食い扶持を稼ぐ人間たちの姿である。とりわけ、舟着き場で荷揚げをしたり、人力車を引いて走る苦力《クーリー》たち下層労働者が眼にとまった。その光景は、日本詩話会の機関誌『日本詩人』に彼が発表した「南支遊記」にいきいきと描かれている。

馬笞のひゞき、苦力《クーリー》達のホッ、ホッと云いながら運搬する大ふいご、舟曳の長い長い太綱、その人足連の裸な袒《かた》、一輪車、長いかじ棒をあげて人を包囲する黄包車《ワンポツオ》、旅館の客曳き、新聞売子、あいまいなうろ〳〵している連中、泥棒、それらのうすよごれた浅黄服、妙にイラ〳〵した、乱暴なおしゃべり、争奪、つきのけあい、狂人のように彼らは、混乱し渦巻きあって上陸者をなかにとりこめながらうごく。

どこの国の無職者、浮浪人だって、こんな孤立した、個人的な、非常すぎる程非常な浮浪人階級はない。どこの国の労役者だって、こんな牛馬以上に、朝から晩まで酷使されて、平気で牛馬同様の根性になって働きうる労役者はいない。滅茶苦茶だ。彼らの間には雑然としたエゴイスティックな、自個防衛の集合はあるが、社会的などんな組織――国家とか組合とかいう組織の力が少しだって役立ってはいない。彼らは純然たる虚無主義者達である。生れる。多数の死亡者の間にあってようやく、饑餓や、伝染病や、寒暑をしのいで一人前にそだつ。然も、彼らは常にうえている。彼らはもう、不自然な貧富のどうすることもできない階段と、英国の侵略主義の一等下積みになって一生日の目をおがむことのできない運命におちこんでいる。彼らが普通にしていれば一日一度の食だってえられない。身体を消耗して銭にする。

（『南支遊記』）

この牛馬のように働く苦力《クーリー》たちの世界に、眼をしっかりと見開く詩人がここにいる。秩序も統制もない欲望の氾濫の中に、その日暮らしの人間の雑多な臭気や喧噪や埃っぽい生業を、嫌悪と優しさとで眺めている。彼は放縦なまでの自由さと残酷さとをこの悲劇的「生」に見ている。それも、無国籍者の眼としてである。知識も誇りもモラルも階級の意識のかけらさえもない、昨日を語らず、明日を思わず、その場その一瞬をあくせくと牛馬のように働く労役者が示したものは、一個の欲望の生命体である。落魄するものが行き着く生の原点、もはや下降しようのない地点であった。虚無思想というより、虚無の実体そのものを見たのである。「蘇州河近傍のわら小舎のなかに、大地に腹をつけて眠る」彼らは、動物的臭気を発散させながら「人間」ということを忘れて生きている。食詰めて漂白する放浪の魂でなければ、この残酷な生への共鳴や侵略的な世界の構造への批難は生れない。それも感傷的なヒューマニズムを超えて、悲劇的な生の原形に出くわしたのである。俗衆のエゴ、迷妄を嫌悪しながら、生の残酷さに寄り添って内臓の深部から湧出する理屈を超えた憤りこそが、金子光晴という詩人の相貌を変えてゆくことになる。

上海に流れて十日もたたないうちに、金子は持ち金を使い果たし、窮乏をしのぐために、一昼夜で現代でいうエロ小説を書き上げ刊行販売した経緯が『どくろ杯』に書かれている。そのガリ版刷りの艶本を売り捌くために頼んだ小男の、小ずるくて薄汚い策略に、珍しく金子は憤懣を抱いた。そのやるかたのない憤懣もわずかメキシコ弗二枚を握らされて、慰められている自分を思うと、情けないくらいその憤懣の根深さを覚えたのである。憤懣の対象は、おもいがけないほどいろいろなものにつながっている。「じぶんの今日のこうしたありかたや、じぶんの微力や、切っても、突いてもどうにもならない、手も、足も出ない圧力の壁や、（中略）肌に合わないどころか心情のうす皮がちぢくれあがるような日本での生活の味が一束になって、宿怨となり、胸のつかえとなっているのが、そのときの憤懣と一つになって、突破口《はけくち》を作らねばいられない、ぎりぎりな気持になっていた」（『どくろ杯』）。これこそが、金子の新たな詩の表出の根源にあるものである。クリークの上流の地獄の道のようなくらさにむかって、あらんかぎりの声を張りあげて叫んだ言葉「にゃんがつおっぴい」である。上海で苦力たちがつかう、もっとも品の悪い罵詈の言葉「貴様のお袋を犯してやるぞ」と言う意味である。一九三七年に刊行された詩集『鮫』の自序の「よほど腹の立つことか、軽蔑してやりたいことか、茶化してやりたいことがあったときの他は作らないつもりです」という詩作のモチーフにも通じている。それは、詩集『鮫』の肉体の内側からわきあがる無頼の徒の野卑めいた声と同質である。彼を取り巻く世界への私的怨念であり暴力である。その根拠は常に「自個」にあった。この「自個」への深い覚醒は、無国籍者として漂白する中で生れたものであろう。この上海の寄る辺ない雑踏のなかで、「内地」では決して感じられなかった「我一人」を感じたことは、世界の中に自らがひとり確かに存するること、つまり自我の本体に突き当たったのである。自分が自分を統治すること、それはまた自分さえ黙っていれば、群衆の中にひっそりと名を消し、存在なきものとして永久に葬りさられてしまう苦力以上の悲惨ささえ想像される。金子は、この「自個」の強烈な自覚を、中国の「游俠」とマックス・シュティルナーと放浪から学んだと思われる。

　この「儒」とからむ「俠」を考えることは、金子光晴の思想的な立ち位置をいくらか明瞭にする。彼は、エッセイ「俠客——中国の俠についての管見」の中で、「支那」を儒教の国としてみる常識よりも、民衆の生活に密着している道教的な迷信の世界に比重をかけて把握している。儒教的な支配階級のモラルに対して、道教は農民大衆の超現実的で空想的な神話の世界に通じている。どちらかと言えば、金子は、現世的な「儒」の治世よりも、おのれ一身の「快楽」の一生、つまり、エゴイズム、長寿、子福、セックス、薬石、阿片、栄養食などを保証する生き方を選んできた。それは、隠者の仙道修行には向かうことなく、濁流水となって流浪し続けている。究極的に「エロス」への道行きである。彼は、「儒者」よりも「俠者」に親近感を寄せてこう述べる。「俠者は、私の情に偏して大義にかなわないかもしれないが、小義を完うし、酷吏汚吏や、権勢人の迫害に対して、直接に、その時宜に応じた裁断をして、目のあたりな効果をあげるということで、撥乱の世に適しているかもしれない」と。「游俠」が立っている位置は、「私」であって「公」ではない。「俠者」は、善悪の規準を儒の常識に求めながら、ダンディズムを取り込んで民衆に義俠心を訴えかける。光晴の位置もそれに近い。だから彼は、後年、正義をかざした「反戦詩人」といった名称を好まなかった。結局、彼は、かけ替えのない唯一の「私」という「自我」に思想的根拠を置いたと言える。誰もが迎える「死」の必然に規定された「限りある主体」である自我を自覚しつつ、瞬間瞬間を生きるたびに自らを打ち立て、新たな自己を創造し、被造物である自己を超克するものとしてシュティルナーが展開した「創造的虚無」を心のよすがにしていたところがある。

上海に約五ヶ月間の滞在を経て、香港経由でシンガポールに到着したのは、一九二九年（昭和四）の六月半ばのことである。ここでも、無一文の放浪者は、旅費を捻出するために、旅絵師として風俗画や春画を売り捌き、ようやく一人分のパリ行きの旅費を稼ぎ、三千代一人をシンガポール埠頭から郵便の船にのせマルセイユに発たせた。その後も自分の旅費を調達するため、マレー半島を放浪して数少ない在留邦人に絵を売り歩いた。その時の熱帯の自然や原住民の生活への深い洞察が、後に紀行文『マレー蘭印紀行』となって結晶するのである。それは、金子にとって、文明の呪縛から感受性を解き放ち、原始の荒々しい自然の洗礼を真裸で受け止める、傷だらけの新鮮な経験であった。さらに言えば、痛々しい快楽をともなう認識であったであろう。その折々の曇りなき眼で、欧米列強の原住民への搾取と強制労働による非人間的な植民地政策をも直視してきたのである。

『マレー蘭印紀行』は、旅の時系列とは多少違っていて「センブロン河」から始まっている。金もなくゆくあてのない放浪者が、絵を売り捌くことだけに地上に繋ぎとめられて、大小のゴム園が散在するセンブロン河を遡上する。目的がないことで生き得た純粋な時間が豊饒な世界を生み出している。

ニッパ——水生の椰子——の葉を枯らして屋根に葺《ふ》いたカンポン（部落）が、その水の上にたくさんな杭を涵《ひた》して、ひょろついている。板橋を架けわたして、川のなかまでのり出しているのは、舟つき場の亭《ちん》か、厠か。厠の床下へ、綱のついたバケツがするすると下ってゆき、川水を汲みあげる。水浴《マンデ》をつかっているらしい。底がぬけたようにその水が、川水のおもてにこぼれる。時には、糞尿がきらめいて落ちる。

杭には、まる木舟が繋がれ、椰子《カラツバ》の実や鯰籠を市へ出す積荷の舟の足がかりとなる。集散地バトパハから、裳《サロン》の布地、装身具、石鹸や懐中電燈、ゴム園の旦那《トワン》たちに入用な味噌醤油、日本酒、麦酒《ビール》などの上荷の舟も、千本杭に横づけになる。

（『マレー蘭印紀行』）

文明の枠組みに取り込まれていない簡素な生活が、原始のままの自然の上にあやうく営まれている。美と汚穢とが同居し、排泄と水浴をひとつの川でまかなう暮し向きが何か神々しさを感じさせる。何気ないひとつの杭も、カンポンの特産品をまる木舟で市に運ぶ大切な家財となり、生活必需品の物資を積む舟を横づけにするささやかな港にも変わる。その物流の交易の中にも、それぞれ生産物の往き来があり、旦那と使用人の関係や暮しが見える。未だひとつの理念が秩序を強制していないという屈託のなさと放縦な自由さとが人々をのんびりとさせてもいる。また自らの活写が映し出すぬるっとした匂い立つ色彩の風景が、次々に切り取られて幾重にも重なり、予期もせずに展開する躍動こそこの詩人に流れる時間であり陶酔感であったと思われる。つまりそれは、世界の果てに向かうかのように「抵抗なく、さらにふかく、阿片のように、死のように未知にすいこまれてゆく」快楽であっただろう。金子にとってマレー蘭印の生活は、単なる異国趣味ではなく、懐かしい故郷のような恐れと痛みと陶酔をともなう熱帯の楽園であったという言い方もできる。無秩序で怠惰な美徳が彼にも備わっていたからであろう。

うつり気で、ながつゞきしない熱情に似た豪雨が、一気にゆきすぎてしまうと、カンポンの杭のあいだの泥水の跳梁のなかに、太陽がぐりぐり揉みこまれ、光の屑や、どぎつい破片が、泥水のうえにちらばる。(中略)

鉛の湯を浴びたように遠い椰子林が、まっ白になってみえる一方から、五寸ばかりの短かい虹がたって、そのあまりは雷雨を釣ってうごく暗雲の金の笹縁《さゝべり》にかくされている。

センブロン河の両岸の森は、世界の嵐など、すこしもしらず眠っている。ゴムは、何万エーカーの森林を征服したが、森の住民や、苦力どもは、ようやく生活の苦惨にあえぎはじめたが、森は、なお、身うごき一つしようとはせぬ。(『マレー蘭印紀行』)

熱帯の激しいスコールがもたらす泥水の氾濫する大地は、当時イギリスやオランダの植民地支配下にあり、安い賃金と無償の夫役の中で住民の心身の荒廃はすすんでゆく時期でもあった。それに世界恐慌が拍車をかけて悲惨な生活への転落が相次いで始まっていたのである。その事実を金子はこう書く。「百姓達ばかりではない。ゴム相場の上下によるくり返しで、解雇された苦力たちが氾濫する。百姓から、苦力へ、浮浪人へと、かれらは三段に顚落の途を辿る」。こうして転落する百姓たちのゴム園は、抵当として流れ、印度人の非道な金貸業チッテの手に収まってゆく。その金貸業たちも、ゴム価格の暴落と広大なゴム園の時価の下落にあえいでいる。馬来人たちの生活の苦しさは推して知るべしである。「借財の重荷を背負って一家は離散し、女たちはながれ、男共は、前借で身をうり、籐《ロタン》と、私牢の待っている蘭領の奥地開拓につれられてゆく」。こうした光景は、金子にとって他人ごとではなかったであろう。幼い頃の記憶の闇の中に、一家の貧窮と離散に重なるイメージが潜在していたからである。津島にある金子光晴の生家・大鹿の家は、代々「林蔵」を名のり米屋や酒屋を生業とした大店《おおだな》であった。そこから分家した父・和吉も船を何艘も持つ廻船問屋として一時期羽振りは良かったが、明治の濃尾地震の打撃と生来の山っ気から、光晴が生れた頃には破産して流れ者のように暮らしていた。そんな記憶が、暗く陰惨な傷として金子にはあったと思われる。彼は、「センブロン河」の「雷気」の冒頭で、馬来《マレー》の民の痛みに寄り添ってそれとなく自分を語る。「土人は、おのれが土で造られてたものと信じている。／いわれのない卑下だ。かつて、私のうえにも金銭、あるいは、容貌などにむかっての卑下が、どれほど私の姿をみじめにみせたことであるか。人種の差別がうけるたましいのいたみ。それは、目にみえぬ獄」。この侮蔑され、虐げられたものの魂の痛みに彼は心の奥深くで共鳴している。目に見えない獄に閉じ込められ、自由を奪われた苦悶の嘆きと憤りこそ、内部に静かに秘めた雷気であったかも知れない。それは、すでに過酷な現実に向かって放つ魂の怒りに近い表出に繋がるものである。彼が後に、富の収奪と強制労働の植民地政策を痛罵する根拠になったものは、下降し続ける泥だらけのこの放浪生活であった。金子は、自伝『詩人』の中で、この旅費を捻出のための労働と放浪の日々に次のような意味を見つけている。「僕の眼がみたものは、めずらしい南方の風物ではなく、血ボロをさげた原住民のみじめな生活だった。原住民までさがった僕の生活、手づかみでカレーをむさぼり、路ばたで、サッテを食う僕のくらしが、僕を彼らに近づけた」。あてもなく漂白し、底辺で暮らすことが、批評の眼を育てたことになる。

旧バタビアのじゃがたら街道のものさびしい場所に、ピーター・エルヴェルフェルトの槍に貫かれたさらし首が残されている。蘭印政庁の転覆を謀り、和蘭人を皆殺しにする大謀反を企て、計画遂行の寸前にことが発覚し、捕らえられ処刑された反逆者の記念である。この梟首《きょうしゅ》にこめられた蘭印政府の呪詛と憎悪は、原住民の叛意への脅しであり見せしめであることは勿論である。ただ、この人物について金子は、『どくろ杯』や中央公論に発表したエッセイ「無憂の国—爪哇素描」でも触れている。さらに、未刊詩集『老薔薇園』には、「エルヴェルフェルトの首」という散文詩として収録されている。ここまで、金子がこだわった稀代の謀反人への思い入れは、一人の無国籍者から見た、植民地支配の横暴と悪政への原住民の怨念の象徴とも読める。金子はこの散文詩の最終連でこんな言葉を書き記している。

謀反人エルヴェルフェルトの首は、壁のうへで、いまもはつきり謀反しつゞけてゐる。（中略）ススーナンにも、サルタンにも和蘭にも、コムミュニズムにも、次々にきたるすべてのタブーにむかつて叛乱しつゞける無所有の精神のうつくしさが、そのとき私の心をかすめ、私の血を花のやうにさわがせていつた。私はエルヴェルフェルトの不敵な鼻嵐をきいたのだ。（後略）

金子光晴は、蘭印政庁への叛乱のみならず、すべてのタブーに向かって叛乱し続ける「無所有の精神のうつくしさ」に心を魅了されている。彼の批判は、絶えず特定な標的に向かって為されるのではなく、社会も宗教も自らも射程に入れたものであった。彼の詩的想像の世界は、常に全体からながめた視点と個別の事象の関係性を捉えている。詩や散文を注意深く読めばそれは分かる。ともあれ、爪哇《ジャワ》人たちは、出生の地でなに一つ重要な職に就くことができない。「彼らは外国人の下僕《ジョンゴス》か、園丁《コボン》に雇われるか、街の荷売り、辻馬車の馭者のような仕事についている。女達は洗濯女《バブー》、女工の類でなければ、醜業婦である」（「無憂の国」）。一方、和蘭人たちは、「ラ・ヘーグや、アムステルダムでよくみるように、亜麻や金髪とリボンを風になびかせて、少女たちは自転車の散歩をする。午後五時、退けの時間、ウエルトフレデンの富裕な一家族は、新港タンジョン・プリオクまで六哩、アッサム樹のこまやかな繁みのしたの往復をドライヴする」（「無憂の国」）。この対照は、「土民大衆の無智と卑賤のうえに、如何に和蘭の富がゆるぎないものかを考えさせる」（「無憂の国」）。そうした人間の悲惨さとはかかわりなく、放縦の森は泰然としてあり、水はゆるぎなく滔々と流れている。

自分の旅費を稼いだ後、金子は先にシンガポールから独りパリに発たせた妻を追ってフランスに向かう。気のすすまない義務感からのゆきがかり上の旅であった。このパリでの生活の殆んどが、その日の糧を求めて「金」にありつく算段で、強請《ゆすり》、集《たか》りの類も含まれたあられもない醜態である。世界恐慌当時、フランス政府は、自国の労働者を保護するために、労働許可書のない外国人を労働から締め出していたのである。花の都パリでは、生きてゆく方策を初めから奪われていたと言える。結局、極東アジアからの放浪者に働き口などどこにもなかった。それにくわえて冬は長く酷寒で悪天候な土地柄である。無国籍の難民として、謂わば異国に放り出された格好である。自伝の中で彼は、「無一物の日本人がパリでできるかぎりのことは、なんでもやってみた。しないことは、男娼ぐらいなものだ」と述懐している。そのあとに、職歴とは言いがたいその場限りの不定期な仕事を列挙している。「博士論文の下書きから、額ぶち造り、旅客の荷箱つくり、トーシャ版刷りの秘密出版、借金のことわりのうけ負い、日本人名簿録の手伝い、画家の提灯持ち記事、行商」など便利屋の類の仕事である。彼がパリの二年間でめっきり痩せたというのはわかるような気がする。病気をせず生きながらえたこと自体が不思議なくらいである。『ねむれ巴里』の中で、人生の悲惨な末路を想像する金子の不安と暗鬱さが染み出てくる一節がある。「日々の糧に逐われている身の上で、万一パリで死んだ場合、僕にしても、彼女にしても、とりわけ日本人間での村八分になっているようなその時の情況のもとで、葬儀どころの騒ぎではあるまい。フランス政府の手で浮浪人として処分され、どこかの投込み墓地にほうり込まれ、犬の死骸や、猫の捨子といっしょに、支那まんじゅうの黒あんのように混沌とならされてしまうのが落だ。あの頃のパリは、東京よりも空気がわるかった。日本の留学生のなかでも、胸が悪くなる人が多く、二人、三人、僕の眼の前でもばたばたと死んでいった」（『ねむれ巴里』）。こうした金策に明け暮れる暗澹たる日々に舞い込んでくる仕事も怪しげなものばかりである。社会の枠外の底辺を生きる人間の悲哀と凄惨な生活のにじむ生業である。明日の食扶持や宿泊先にも困る状況下で、妻の三千代が勧誘されたのは欧州各地を廻る日本舞踊家の相手役として「日本の女」のアルバイトである。給金がもらえて旅ができるという甘い話に金子が最初に飛びつこうとしたが、深く事情を探れば相方になることはヨーロッパの常識では夫婦になることだと言う。金子はこのパリに、よその土地では見られない「性《セックス》に賭けた生活のきびしい集散離合の方則」とそれによって生じる「咒縛」と「蹉跌」が仕組まれているのを見ている。そしてこう書き加えている。「それは、ゆきずりの観光客はわからないことではあるが、花のパリは、腐臭芬々とした性器の累積を肥料として咲いている、紅霞のなかの徒花にすぎない」。

さらには、パーティの踊りの途中の掛声で、即座におどりのあいてを変えるシャンジュ・シュバリエの約束事を、花の都で簡単に離別して相手を組み替えてしまう男女関係に当てはめている。そのひとつの事例として、旅費を持ってパリに辿りつけばなんとかなると気楽に考えている、能力も顧みずアルバイトも出来ない文学青年の夫婦一組を挙げている。「彼らのふくらんだ夢が、ゴム風船のようにぱんぱんわれてゆくのを、今か今かと」金子たちは期待すると言うのだ。それは、底の浅い偽悪者の悪意に基づくものではなく、もっと深い生の根幹に触れていると思われる。次の文章からもそれは容易に感じ取れる。

同類の多いのをよろこぶ意地悪さではなく、他人の欠落、不運だけをよりどころにし、支えにして生きのびなければならない、われも他人《ひと》もおなじ、生きるということの本質の、嘔吐につながる臭気にみちた化膿部の深さ、むなしさ、くらさであって、その共感のうえにこそ、人が人を憫み、愛情を感じ、手をさしのべる結縁が成立ち、ペンペン草の花のような、影よりもいじけてあわれな小花もつくというものである。（『ねむれ巴里』）

金子光晴の人間への「愛情」や「結縁」は、生きていくことの病んだ暗部への共感があって初めて成立するものである。感傷的なヒューマニズムを超えた苦難に鍛え抜かれた強靭な生の根拠こそ、「臭気」の発生するどんづまりの人間の修羅場であったであろう。（この「臭気」は、後の詩集『鮫』にも染みついている。）そう考えると、金子が、ごろつき紛いの日本画家・出島春光にパリで寄せた親近感は理解できる。恐喝や策謀によって人を地獄の淵に蹴り込んでしまう出島の野人とも見えた人間性の中に、金子は別のものを見ている。それは、出島が描くセーヌ河の風景と同様、「夕ぐれの霧のような哀しげなもの」である。「疎外者の意識で生きるより他なくなって本土を発つことになった彼」の「人間であることの悲哀」である。その淵源は、生の病んだ暗部に発している。モラルや秩序や良識が無に帰する「知」の枠外に、出島はためらいもなく存在していたからである。人間存在の悲しみとしてである。だから、彼の反知性と野生とは無自覚でもあった。金子はその当りを含めて親しみを感じ心情に寄り添っている。自らの安定を担保して、収まりかえった文明という欲望の体系のはかなさもその地点から見ていた。「過剰な栄養がつくりあげた厖大な西洋人の幻は、彼らの歴史が完成させた物質世界の征服で、まことに彼らにふさわしい精力的な文明都市を天も狭くなるばかりに組みあげた」（『ねむれ巴里』）といくらか羨望もこめて批判を向けている。悲嘆と困窮のなか、金子のどこか覚めた眼がここにはある。また、夫が側にいることも忘れ、悪びれもせずにその妻に心を寄せ、タンゴを踊りながら求愛の言葉をささやくフランス人のふるまいに反撥を殆んど感じなくなった自分に驚いている箇所がある。この食いつめた放浪の旅で、金子が意識した「組織更《が》え」という心の変化は、彼を日本的な封建性から解き放ち、新たな自他認識とその柔軟な関係の融合をうながす契機になったことは確かである。貧しいが自由なパリ暮らしの中で、これまでの常識や固定観念が相対化の風雨にさらされ、物の見方や考え方に大きな変容を与えた事柄は著作の随所に見受けられる。そのことと後の抵抗詩とは無縁ではない。

心身ともに困憊《こんぱい》しきった金子が、最期にたどり着いたヨーロッパの地が白耳義《ベルギー》のフランドルであったことは因縁と言わねばならない。十年前に師友ルパージュの世話で至福な時間を過ごし、詩魂が湧き起こった土地であったからである。金子の死後、数年たって発見された記録メモ『フランドル遊記』は、その時期の空白を埋めて余りある内容を含んでいる。

坦坦とした単調な日々の生活の記録を締めくくるように、初めと終わりの章に、苦悩にみちた悲傷な離別の言葉が静かに語られている。それは、三千代に捧げられた愛惜の念であり、彼女への執着を断ち切るための惜別の辞でもある。これは勿論、公表されるべき性格のものではなく、二人が離別の際にとりかわした無言の誓約書のようなものだったのかも知れない。堀木正路によれば、この時期、アントワープの領事館に協議離婚届けは提出され、法律の上で二人の離婚は成立しているからである。嘱目すべきことは、この時点で、身を躍らせるような反逆や抵抗の精神が金子の内部に潜んでいることである。「国家、家、社会、道徳、宗教」を肉体を汚す醜悪なものとして憎悪し、軍閥、帝国主義侵略主義的国家、資本主義産業主義的組織、併せて集産的共産主義の打倒を叫んで見せる。このいくらかふざけた寸劇の形式を取りながら、「ビールセル城」の章では、例の恋愛事件の青年を仮想敵国として挑む光晴とそれを貶《けな》す三千代との心理的攻防戦の演技が交わされている。また、ルパージュの日本人の死への潔さの発言に対して、金子はこう応酬している。「証拠には私のような人間もいる。国のために死ぬ位なら、世界じゅう逃げまわってでも生きていますよ」。「ニューポール迄」の章では、さらに踏み込んで気炎をあげる。

戦争、夫《それ》は弱者いじめにすぎない。欧州大戦に、人楯になったのは、コンゴーのニグロである。日本軍国主義で死ぬのは、貧家農夫の伜で、富豪や、よい家の息子は逃れている。ドイツとベルギーの抗争だって、どこに少しでも感謝すべき分子がある。

血迷える日本人は又、資本主義の手先になって、満蒙利権、戦争万能を叫んでいる。――日本をあやまるものは、日本国民である。帰りたい。そして恫喝したい。(『フランドル遊記』)

彼は、日本に帰るための経由地・マレー半島で「僕の詩がまた、はじまった。」(『詩人』)と述べているが、この一節を読む限り、それ以前に内的な言語表出の胎動があったと見る方が適切かも知れない。

Ⅵ　詩集『鮫』への変貌

長い放浪の果てに、金子光晴がシンガポールを発って神戸港に到着したのは、昭和七年五月十四日である。足かけ五年にわたる放浪の終わりであった。翌日は五・一五事件が起こり、首相の犬養毅たちが官邸で暗殺されている。ファシズムの台頭は眼を覆いようもなく、官憲による左翼・共産主義者への弾圧と軍部の横暴は日ごとに激しさを増していた。このような非常時の中、彼は、象徴や韜晦などの技法で偽装しながら、軍国主義、天皇制、封建思想を痛烈に批判する詩を発表し続けている。昭和十二年の七月に蘆溝橋事件が発端となり、日中戦争が始まった。印刷の運びになっていた詩集は、ひとまず形勢をみてという意見もあり金子自身もためらったが、『人民文庫』の編集者・本庄睦男のひたむきさに打たれて出版を決意する。

詩集『鮫』は昭和十二年八月に出版されている。巻頭の詩は、有名な「おつとせい」である。

おつとせい

一

そのいきの臭えこと。
くちからむんと蒸れる、

そのせなかがぬれて、はか穴のふちのやうにぬらぬらしてること。

虚無《ニヒル》をおぼえるほどいやらしい、
おお、憂愁よ。

そのからだの土嚢のやうな
づづぐろいおもさ。かつたるさ。

いん気な弾力。
かなしいゴム。

そのこころのおもひあがつてること。
凡庸なこと。

菊面《あばた》。
おほきな陰嚢《ふぐり》。

鼻先があをくなるほどなまぐさい、やつらの群衆におされつつ、いつも、
おいらは、反対の方角をおもつてゐた。

やつらがむらがる雲のやうに横行し
もみあふ街が、おいらには、
ふるぼけた映画《フィルム》でみる、
アラスカのやうに淋しかつた。

（詩「おっとせい」一）

その声は、腹の奥底から響いてくる。「世間」に背を向けた無頼の徒の発する声に近い。それは「游俠」の「自個」が立脚している地点でもあるからだ。この吐き捨てられた口語の凄みが、批判、攻撃の標的にしているのは、己を含む醜悪な俗衆の姿である。その象徴である「おつとせい」の「生の病んだ暗部」から生じる臭気は、これまでの底辺の放浪生活がつかみ取った悲しい人間存在の実体でもある。皮肉や諷刺をこめた暗喩を句点で切り取り、文意を断切しながら連想によって畳みかける手法はさえている。装飾を取り払い、ぎりぎりの言葉を的確に表現し、詩の技術の完成やその評価とは無縁に、自身が納得のゆくためにだけ書いたという金子の本心はよく分かる。ある意味、「感じる」という感性の詩から、思考する詩へと基軸をシフトしたと言える。主体としての「おいら」は、庶民の暮しのしみついた生活用語つまり口語を全面的に使用している。朔太郎よりさらに徹底した口語自由詩の完成者という評価は誇張ではないだろう。詩集の冒頭に、詩「おつとせい」を配置した意図も詩人金子光晴の特質をよく表わしている。彼は、己を抜きに社会や組織などのいわば他者を批判することはしない。金子光晴の思想詩人としての信頼はここにある。

「おっとせい」の二で、「ヴォルテールを国外に追ひ、フーゴー・グロチウスを獄にたたきこんだ」俗衆に罵声を浴びせかける。民衆を抑圧するローマ・カトリックの腐敗を弾劾し、理性と自由を信奉する反権力の啓蒙家と「戦争が法による規制を受ける」とした法哲学者を国家反逆罪で追放し投獄する「俗衆」の無知蒙昧に矛先を向けている。自覚もなくその卑しい姿態をさらすスノビズムは、狡猾、偽善、強欲と俗悪さを代々受継ぎながら、アウトローを共同体から締め出し排除することで保身をはかる愚劣な生き方を正義と思い込んでいる。ただ、その嫌悪し、辟易するような醜悪な群衆の一人としての自覚が、金子にはあった。その軽蔑すべき「やつら」に背を向けた強烈な自己否定と反骨精神こそ、彼の詩を支えていたものだ。その己をさいなむ鋭い自己分析と自己客観化は彼の詩の特徴でもある。「おつとせい」三の最終連を読めばそのことは明白である。

だんだら縞のながい影を曳き、みわたすかぎり頭をそろへて、拝礼してゐる奴ら
　の群衆のなかで、
侮蔑しきつたそぶりで、
ただひとり、

反対をむいてすましてるやつ。
おいら。
おつとせいのきらひなおつとせい。
だが、やっぱりおつとせいはおつとせいで
ただ
「むかうむきになつてる
おつとせい」

（詩「おつとせい」三の最終連）

前述したように、この「おつとせいのきらひなおつとせい。／だが、やっぱりおつとせいはおつとせいで／ただ／『むかうむきになつてる／おつとせい』」の立ち位置こそ、苛酷な現実に抗い、その現実を批判する自己否定を経た反骨精神の拠り所である。こうした視点を持つものにとって、昭和十年代の日本の状況が腑に落ちなかったのは当然であろう。自伝『詩人』のなかで金子はこう言葉を切り出している。

昭和七、八年頃までの日本人のなかには、たくさんのインテリと称するものがいて、世界共通な人間的正義感を表にかざし、自由解放を口にしていたものが、いかに暴力的な軍の圧力下とは言え、あんなにみごとに旗いろを変えて、諸々として一つの方向に就いてながれ出したということは、十年近くも日本をはなれて帰ってきた僕には、全く新しい日本の一面であった。明治の日本人が、わずか一銭の運賃値上げに反対して、交番を焼打ちした血の気の多さが、今日、こんな無気力な、奴隷的な、なんの抵抗もできない民衆になりはてたということを、そんなにとり立てて不思議におもうのは、昭和のはじまりからの、特に発達してきた大機構の重圧のしたに、我々国民が全くスポイルされてきた経路を、不在のために僕が、ともに味わい、理解する機会を持ちえなかったからであったのだろうと思う。（『詩人』）

詩「塀」の中で、金子が書きとめたかったことは、ここに記された「なんの抵抗もできない民衆」の、無言のまま虚無から這い上がれない苛酷な状況への愁訴であろう。ながい「塀」のむこうにあるものは、「風景」ではないと金子は言う。それは、「このよの裂罅《さけめ》」であると。そこには深くて恐ろしい断絶がある。入ってはならない禁忌の場がある。その「塀」を乗り越え旅立つのは「裸」の身ひとつである。「わかれををしむひまもなく、／つぶてのやうに墜ちてゆかねばならぬ」決意の中、「辺際」、「わた雲とぶはて」、「汀《みぎは》」、など、ぎりぎりの境界線を「塀」にそうて移動する己がいる。だが、詩「塀」二では、「白内障眼《そこひめ》。／なみだの／廃墟。」という詩句が、物を見ることができず絶望の底にいる虚無の時代を捉え、「智慧と信仰の燭《ともしび》」も集めることもなく、ただ人々の「いきのびようとする」「うらぶれた」つくり笑顔の表情を切り取って見せる。そうした人々の思想は、鋭い批評の力を失っていて、深い自己不信の淵にある。金子光晴は、次のような問答の中、現状認識を踏まえ、ふがいなくうらぶれた民衆を鼓舞するると同時に巨悪な抑圧者に批判の矛先を向けてもいる。

憤りつづけてきた宿敵はゐないのか。
反逆するあひては、忽焉として歿《な》くなつたのか。
それは、ほんたうか。どうしたんだ。どこへいつたんだ。

追窮するな、
人人に、いまそれを答へる自由さへないのだ。
ものをいふことも、字を書くことも、考へることも許されないのだ。
つるをたぐつて人人は繋がれ、
繋がれたものは永く地底《ぢぞこ》にながらへねばならないのだ。

（詩「塀」二の一節）

この問答の二つの声に引き裂かれながら、「塀」のむこうの果てしない隙間《すきま》をみだれとぶ流星こそ、「ひたむきな闘争からのがれて／生活からそれて、／円空をさして、／さかんにおちてゆく人人の群なのだ。」というこの最終行は痛切である。抗うものの悲痛さがある。それは、当時の軍事圧制下の日本で、彼が幻視する「塀」のむこうに、脱落する人々の虚無的な闇の風景があるからだ。

金子光晴にとって、無国籍の放浪者の眼で捉え直し、向き合わねばならなかった「日本及び日本人」があった。異国趣味により日本の新しい「美」の創造を求めた後に、ひとりのコスモポリタンの考えでは及びもつかない国土と深くむすびついた底光りのする伝統の根に潜む息苦しい思想に気づくのである。それは、彼の言う「旧代の思想感情の環境」であり、派手な年中行事や迷信、さらには封建的なしきたりが、そのまま踏襲された世界である。自伝では彼はこう述べている。「草双紙や、土蔵の奥にしまってある塗りの剝げた膳椀や、長持のなかの六曲屛風やそれから、いちばん僕を厭世的にした抹香くさい菩提寺の法要や、読経や、本堂の絵馬や、大人たちの退屈な長話や、そういうものはみな、僕にとっては『地獄』の鬼火と、『死』のにおいのするものであった」。こうしたものへの嫌悪や悲しみを味わいながら、封建体制に組み込まれた儒教道徳や、爛熟した江戸の戯作文学の頽廃の背後にある老荘思想も彼の肌身に染みついているものである。さらにその根幹にあるものは、二千年余りも語りつがれた民族の祖・天帝の末裔としての英雄伝説や神国思想がつちかった選民意識である。島国の劣等感を支えるこの選民意識は、天皇を担ぎあげて軍国主義に突き進んでゆく、ある意味避けがたい道行きとなったと『日本人の悲劇』の中で金子は分析している。結局、それは他国への侮蔑行為につながってゆくものである。欧米の植民地施策も同様である。かつての古い習俗の中で呼吸し感受したものが、中国、東南アジア、ヨーロッパの放浪をとおして修正され、独自の洞察により西欧の知で奥深い意味に書き換えられる表現はスリリングでもある。

詩「灯台」は、その神聖で畏怖の根源である天皇制への痛烈な批判になっている。歴史の長きにわたって地縁、血縁的な共同体の情念の中に溶け込み、民族の精神的支柱として人々の心に生き続けてきた「神々の宗家」に異を唱える風土は日本にはなかった。日本という共同体の暗黙の了解事項に触れることは禁忌であったのだ。金子が、放浪の果てに獲得した「古い酋長達の後裔に対して、対等な気持ちしかもてない僕、尊厳の不当なおしつけに対して、憤りをこめた反撥しかない僕」(『詩人』)という唯一者としての自我の強固な確立なしにこの詩は成り立たなかったのである。それも昭和十二年の日中戦争勃発の頃である。国民を戦争へ駆り立てる厳然たる絶対権力者を見るだけでも眼がつぶれるという迷信にちかい庶民感情は大袈裟ではなかっただろう。金子光晴は、戦争へと国民を駆り立てる日本の国の構造の根に突き当たったのである。

青銅《からかね》の灼《や》けるやうな凄じい神さまたちのはだのにほひ。秆《かんかん》。

そらのふかさをみつめてはいけない。

その眼はひかりでやきつぶされる。

そらのふかさからおりてくるものは、永劫にわたる
権力だ。

そらにさからふものへの
刑罰だ。

（詩「灯台」一の一節）

ここには禁忌に触れる表現の戦慄がある。絶対権力への盲信を突き崩し、その神聖を「包茎。／禿頭のソクラテス。」と戯画化することで、「神」の存在を否定しようとする強い意志を見る。金子にとって是が非でも書かねばならなかった憤怒の一篇だったに違いない。

この詩と対をなすのが詩「紋」であろう。それは、金子光晴の卓越した日本人論でもある。

九曜。
　うめ鉢。
鷹の羽。
　紋どころはせなかにとまり、
袖に貼りつき、

襟すぢに縋る。

溝菊をわたる
蜆蝶《しじみてふ》。
……ふるい血すぢはおちぶれて、
むなしくほこる紋どころは、
金具にさび、
蒔絵に、剝《はが》れ、

だが、いまその紋は、人人の肌にぬぐうても
消えず、
月や、さざなみの
風景にそへて、うかび出る。

いおり。
沢瀉《おもだか》。
　鶴の丸。

紋どころはなほ、人のこころの
根ぶかい封建性のかげに
おくふかく
かがやく。

（詩「紋」一）

日本の美しい自然が形象化された「紋」に、「根ぶかい封建性のかげ」を感受する金子光晴。そのイメージの連想は、とりわけ詩集『鮫』に駆使されている技法である。観念の自己増殖とも言えるこの「連想」は、生活にしみついた古い因習に対する嫌悪の情を、鋭くかつ繊細な批判精神をとおして表現された陰湿な風景である。紋どころの虚栄、唐紙のかげのそねみや愚痴、じくじくとふる雨、黴畳《かびだたみ》、婚儀をきそう家系、厠のにほふしっけた一家、虱《しらみ》に似た穀粒をひらふ貧乏、うられるあまっ子、疫病、ながれるはげ椀などと連想はつづく。家にまつわるイメージは、どこか惨めで寂しく陰鬱である。身分差の固定化からくる卑屈さやその虚栄心、人々を陰で貶めることで生きる支えにしている醜悪さ、国家や家の下で金縛りにある個人の自由、一方的に押しつけられた人間の序列と貧乏、どれも唯一者であり無国籍の放浪者である金子光晴にとって嫌悪するものばかりである。日本において「家紋」は、古くから出自という家系、血統、家柄、地位など封建制の象徴でもあり、単なる装飾ではないと彼は裁断するのである。「家紋」は、血筋という非合理な人間の暗部に根をおろした封建制の虚構として人間の優位性の拠り所になっている。金子が迫るのはその意識変革である。

詩集『鮫』のタイトルと同じ長編詩「鮫」は、自序にも書かれているように「南洋旅行中の詩」である。舞台は、マラッカ海峡、バタビヤ、シンガポール、など金子が放浪した東南アジアの海洋地域である。装飾を排し、西欧詩の様式を解体して、日本的情緒や伝統を踏みにじり、標的に向かって放たれた言葉が、断切、飛躍、屈折を経て憤りや怒りとして身体的な肉声を帯びて読むものに届いてくる。それは、詩の立ち現われる「現在」性の提示でもある。金子の新しさはここにある。見たことのない鮫の生態を豊かな想像力で生き生きと描いたという程度の話しではない。この自在に書き殴ったように見えるメモの断片が、水や血を滴らせて一個の明晰な風景を生んでいる。この時期の金子は、推敲や詩的技術と縁遠く見られがちであるがそうではない。『下駄ばき対談』の中で、弟子の桜井滋人に戦後の新しい詩人たちの怠惰にふれて、詩について語った箇所がある。

詩てものはね、どんなものでも、はじめは曖昧なものとして出てくるだろう。(中略)あとはそれを弾機《ばね》にして、その情緒や思考に乗って、何十行と引っぱっていけるときもあるかも知れないが、それはね、そのままじゃあ、やっぱりスケッチの域を出ねえんだな。そういうものに理性の手を加えて、知的操作をやってね、構成し、きちっと一つの作品として仕上げる手続を、どうも略しちまってるようにしか思えねえんだがね、おれには。(『下駄ばき対談』)

長篇詩「鮫」を六部に分けて構成し、余分なものをそぎ落とし研ぎ澄ました詩句の刃をきらめかした詩人の発言である。ただ、南洋の地で再び呼び覚まされた詩魂は、小さな手帳のはしに書留めることで自分をなぐさめる日記、メモの類だったと自伝の中で金子は述べている。世間に評価を問う作品として書かれた訳ではなかったのである。だからこそ、詩の伝統的な様式の思い切った解体として、口語が自在に吐き出されたと推察される。詩魂の回復と言葉の根源的な自己表出は、底辺に生きる民衆としての立ち位置と、それに連なる口語と、共同体の共有する時を外れた捉えどころのない虚無＝時間に身を投じることで獲得した「他者の眼」の一体化が生み出したものである。たびたび引用される自序の「よほどの腹の立つことか、軽蔑してやりたいことか、茶化してやりたいことがあつたときの他は今後も詩は作らないつもりです」という一節も、「自個」を基底にすえた民衆、口語、他者の眼（異邦人の眼）の一体化に発語の根を持つ発言であろう。

長編詩「鮫」の主題は、前述した未刊詩集の『老薔薇園』の中の詩「エルヴェルフェルトの首」と共通している。笞と牢獄との脅しによる強制労働と富の収奪によって、原住民の生活と精神とを荒廃させた欧米列強の植民地政策とその世界化への憤りである。その象徴として「鮫」はある。「鮫」は、見てきた事実を記録するリアリズムではなく、「膚はぬるぬるで、青つくさく、／いやなにほひがツーンと頭に沁る。」といった実感を生む鋭い感受性に裏付けられた連想というイメージの自己増殖から成り立っている。この詩集で駆使されている「連想」という詩法について　金子は、大正十五年の『日本詩人』に掲載したエッセイ「長崎だより」の中で、次のように述べている。彼の詩作の秘密を知る上で、重要な手がかりのひとつになる。

聯想程面白いものはない。テオフィル・ゴーチエの詩をよんで、アングルスを考える。アンリ・ド・レニエをよんで、生玉子を頭にうかべる。鉄砲の鉱目の触感から、アンナ・アフマートヴァを想像する。悲から欣、相似から相反、全く融通自在、変化万般だ。私は今、この海洋の青のなかから、魚類を聯想し、魚類から、知人の顔を聯想するのだ。故山村暮鳥ならば、悟堂は鰈、佐藤惣は河豚とでもいうところだ。聯想程無茶苦茶で、且つ芸術的な心理活動はない。聯想の飛躍の瞬間、人のわきの人には翼がはえる。人が天使になれる只一の時間なのだ。しかし、聯想には、平面的聯想と立体的聯想（仮にこんな名がつけられるならば……）がある。平面的聯想というのは字つなぎのようなもので、立体的聯想というのは、叡智によって飛躍する一つの精神活動だ。

（「長崎だより」）

この奔放な連想と心的無防備の中、金子光晴は、詩「鮫」においても、「私自身」と「私自の考え」の思いのたけを表現している。

馬拉加《マラッカ》や、タンジョン・プリオクの白い防波堤《なみよけ》のそとにあつまつてゐる」鮫は、「デッキのうへに曳ずりあげてみると」、頭もしっぽもない「せとものの大きな据風呂」のようでもあるが、「海のなかでは、重砲のやうに威大で、底意地悪くて、その筒先は／うすぐらく、陰惨にふすぼりかへつてゐる」のである。「鮫」は、さえぎるものがないかのように時空を超えて遊弋する。「鮫」は、海であり、大砲であり、軍艦にも変わってゆく。それは、植民地の支配者たちの、原住民を食い物にする貪婪な私利私欲と併行して変貌する幻想でもある。そのひめられた虚構にリアリティが切り口のように滲んでいる。現象の背後にひそむ眼に見えぬ人間を圧しつける巨大な仕組みと対峙していて、その精神がメモの断片に命を与えている。植民地の史実をさかのぼり、被抑圧民の悲惨な生活を凝視しながら、苛酷な南洋の自然と大量の死骸の浮く流れに囲まれて「彼らは裸で、自分たちにむける砲台を工事してゐる」。この不条理な現実に詩人は向き合っている。金子光晴の想像力は、具体的事象からエキスを抽出して、求心的に「純粋」の高みに向かうのではなく、多様で雑多な「混在」へと現実を拡張するのである。そのため、詩は、猥雑であり、透きとおるほど美しく、残酷でもある。さらにつけ加えるとすれば、「鮫」と己とのかかわりを絶えず持ち続け、自分をさらけ出していることだ。そのことが詩に思想的な奥行きと深みをあたえている。

ああ。俺。死骸の死骸。ただ、逆意のなかに流転してゐる幼い魂。からだ。
常道をにくむ夢。結合へのうらぎり。情誼に叛く流離。俺は、この傷心の大地球を七度槌をもつて破壊しても腹が癒えないのだ。
俺をにくみ、俺を批難し、わらひ、敵とする世界をよそにして、いう然としてゐる風を装ひながら
俺はよろける海面のうへで遊び、
アンポタンの酸つぱい水をかぶる。

あれさびれた眺望、希望のない水のうへを、灼熱の苦難。
唾と、尿と、西瓜の殻のあひだを、東から南へ、南から西南へ俺はつくづく放浪にあきはてながら、
ああ。俺、俺はなぜ放浪をつづけるのか。

女は、俺の腕にまきついてゐる。

子供は、俺の首に縋つてゐる。

俺は、どこ迄も、まともから奴にぶつかるよりしかたがない。

俺はひよわだ。が、ためらふすきがない。騙かす術も、媚びるてだてもない。一さいがっさいは奪はれ、びりびりにさけたからだで、俺は首だけ横つちよにかしげ、

俺の胸の肉をピチャピチャ鳴らしてみせた。

鮫。
鮫は、しかし、動かうとはしない。
奴らはトッペンのやうなほそい眼つきで、俺たちの方を、薮に睨んでゐる。
どうせ、手前は餌食だよといはぬばかりのつらつきだが、いまは奴ら、からだを
　うごかすのも大儀なくらゐ、腹がいつぱいなのだ。
奴らの胃のなかには、人間のうでや足が、不消化のままでごろごろしてゐる。
鮫の奴は、順ぐりに、俺へ尻をむける。

（後略）　　　　　　　　　　　　　　　　　　　　（詩「鮫」の六の一節）

大量にあふれる死骸の中のひとつである俺という自己認識。ただ違うのは、意に逆らって流転する魂の幼さである。常道を憎み、友を裏切りながら、不義理な別れを重ねて敵をつくり心を痛め悲しんでいる放浪の無念さは、地球を何回も槌で破壊しつくしても癒されることはないと言う。悠然さを装いながら、アンポタン（竜眼肉に似た、より大きい果実）の酸っぱい水をかぶる音韻のイメージには、「俺」は「あんぽんたん」であるという戯《おど》けた音のひびきが感じられる。金子光晴の怒りの根拠は、苛酷な社会現実への人間主義的な正義感という以前に、自

身の放浪のどうしようもなさから生まれる自己嫌悪やその根にある世界の仕組みの怨念や呪詛にある。それは、所謂、政治的イデオロギーとは無縁のものである。だから、勇ましいアジテーションをぶちまけるのではなく、「忠実な市民ぢやない。それかといつて、／志士でもない。浮浪人。コジキ。インチキだ。食ひつめものだ。」と自己批判をしながら、痛々しい自覚の上に、擬人化され、いくらかカリカチュアされた寓意《アレゴリー》の「鮫」と対峙するのである。「あいつは心臓がなくて、この世のなかを横行してゐる、無残な奴だ。」と呼ぶ「鮫」に対して、最終連で金子はこう叫んで己の意思表示をする。世界の植民地化への憤懣やるかたない抗議としてである。

鮫。
鮫。
鮫。
奴らを詛はう。奴らを破壊しよう。
さもなければ、奴らが俺たちを皆喰ふつもりだ。

（詩「鮫」の六の最終連）

切断された言葉と端的でスケッチに近い口語散文体が、互いを際立たせながら配置され、しかも清冽なリリシズムを滴らせ、猥雑で虚無的な世をも表現している。金子光晴は、詩集

『鮫』によって日本の近代詩の新たな地平を、言語的に思想的に切り拓いたことは間違いないだろう。

この詩集が日本に持ちこんだものは、西欧の詩的技術や新しい文芸思潮の意匠ではなく、西欧詩の伝統である「様式」の解体と目の前にある「社会的現実」との対峙である。さらには、非合理な封建思想に縛られた人間のとりわけ日本人の意識改革であった。

Ⅶ　放浪から持ち帰ったもの

金子光晴の海外の放浪は、極々私的なものであったことは言うまでもない。一回目の欧州の旅も、骨董屋の見習いとして付き添ったもので、公費でアカデミックな留学を志したわけではない。二度目も、哲学を学ぶ若き青年と、その青年に寝取られた妻との恋仲を引き裂くために、感情の泥沼に分け入った私事を機縁にした放浪であった。それは、あてもなく、さしたる目的もなく、生涯を棒にふった成りゆきまかせの旅で、その日の食にありつくための金策に明け暮れる日々の連続であった。そこには、未来を保留にしたまま、濁流する時の「現在」に身をあずけた金子の虚無の深さが窺える。とりわけ、東南アジアの、麻薬のような死への陶酔と真裸で傷だらけの放浪は極めつけの詩想を生んだのである。

洗面器

（僕は長年のあひだ、洗面器といふうつはは、僕たちが顔や手を洗ふのに湯、水を入れるものとばかり思つてゐた。ところが、爪哇人たちは、それに羊《カンピン》や、魚《イカン》や、鶏や果実などを煮込んだカレー汁をなみなみとたたへて、花咲く合歓木の木蔭でお客を待つてゐるし、その同じ洗面器にまたがつて広東の女たちは、嫖客の目の前で不浄をきよめ、しやぼりしやぼりとさびしい音を立てて尿をする。）

洗面器のなかの
さびしい音よ。

くれてゆく岬《タンジョン》の
雨の碇泊《とまり》。

ゆれて、
傾いて、
疲れたこころに

いつまでもはなれぬひびきよ。

人の生のつづくかぎり
耳よ。おぬしは聴くべし。

洗面器のなかの
音のさびしさを。

はじめに添えられた短い紀行文には、顔や手を洗うために湯や水を汲みおくものとばかり思っていた洗面器が、カレー汁をたたえる器となり、またがって不浄をきよめ、放尿をする器へと変貌する風俗が記されている。この異国で知った洗面器の使い途の差異の中に、異質な文化や風俗による価値観の転倒やその溶解と解体がある。おそらく金子光晴は、食と排泄とを一体として扱う器の中に、猥雑で雑多な生命の根源的哀しみを感じていたはずである。そこでの「しやぼりしやぼり」という娼婦の放尿の音こそ、人間存在の身体性としての哀しみとしてあった。それは所謂、落魄して社会からはみ出し、知の枠外の底辺を生きる苛酷で凄惨な生活から漏れ聞いたわびしい音である。モラルも秩序も正当な価値さえも脱落した世界でもある。この行き暮れた岬で、行き場もなく雨に閉ざされた碇泊は、生きてあることの疲労の果てに底なしの倦怠の響きを耳にしたのである。それは、共同体の共有する時を外れた、捉えどころのない虚無＝時間に身を投じることで獲得したものでもあろう。金子光晴が、長い放浪生活から持ち帰ったものは、「詩の様式の解体」や「社会的現実」への対峙だけでなく、その根底にはこのわびしい音につながる虚無的思想があった。同時代の日本で、書物からの輸入でなく、またファッションとしてではなく、放浪する生活の中で、身体性をともなった人間の悲哀と空虚と闇の思想を持ち帰った詩人は、金子光晴より他に誰一人としていないのである。

参考文献

金子光晴全集第一巻　中央公論社　一九七六年四月
金子光晴全集第八巻　中央公論社　一九七六年十一月
金子光晴全集第十四巻　中央公論社　一九七六年八月
金子光晴詩集　清岡卓行編　岩波書店（岩波文庫）　二〇一二年六月
金子光晴詩集　思潮社（現代詩文庫）　二〇〇八年六月
女たちのいたみうた――金子光晴詩集　集英社　二〇〇五年七月
マレー蘭印紀行　金子光晴　中央公論新社　二〇一一年二月
詩人　金子光晴自伝　金子光晴　講談社　二〇〇〇年五月
絶望の精神史　金子光晴　講談社　二〇〇九年四月
どくろ杯　金子光晴　中央公論新社（中公文庫）　二〇一〇年十月
ねむれ巴里　金子光晴　中央公論新社（中公文庫）　二〇一〇年四月

西ひがし　金子光晴　中央公論新社（中公文庫）　二〇〇七年十二月
フランドル遊記・ヴェルレーヌ詩集　金子光晴　平凡社　一九九四年二月
世界見世物づくし　金子光晴　中央公論新社（中公文庫）　二〇〇八年八月
愛と詩ものがたり　金子光晴　サンリオ出版　一九七三年九月
日本人の悲劇　金子光晴　旺文社文庫　一九七六年七月
金子光晴下駄ばき対談　金子光晴　現代書館　二〇〇三年十二月
現代詩読本　金子光晴　思潮社　一九七八年九月
金子光晴抄――詩と散文に見る詩人像――　河邨文一郎編　富山房　一九九五年九月
個人とのたたかい――金子光晴の詩と真実――　茨木のり子　童話屋　二〇〇七年三月
金子光晴　旅の形象　アジア・ヨーロッパ放浪の画集　今橋映子編著　平凡社　一九九七年三月
金子光晴・青春の記　佐藤總右　新人物往来社　一九七二年五月
金子光晴、ランボーと会う――マレー・ジャワ紀行　鈴村和成　弘文堂　二〇〇三年七月
金子光晴とすごした時間　堀木正路　現代書館　二〇〇三年十一月
金子光晴の詩法の変遷――その契機と軌跡――金雪梅　花書院　二〇一一年三月
金子光晴論　嶋岡晨　五月書房　一九七三年十月
金子光晴を読もう　野村喜和夫　未来社　二〇〇四年七月
現代詩人論　大岡　信　講談社　二〇〇一年二月
光と闇のなかの詩人――その自然と人間性――　杉本春生　書肆季節社　一九八二年十二月
唯一者とその所有　上　マックス　シュティルナー　現代思潮新社　二〇〇七年二月
唯一者とその所有　下　マックス　シュティルナー　現代思潮新社　一九九五十二月

補遺　故郷と時代とモダニズム

『モダニズムの遠景』に登場する三人の詩人、丸山薫、春山行夫、金子光晴に共通するものは殆ど見当たらない。ただ、共通するものがあるとすれば、縁の地が東海の一角に位置する「愛知」ということぐらいである。

丸山は、大分県の生まれだが、父の死後、母方の祖父の里・豊橋で少年期を過ごしている。戦後も疎開先の山形県から東京へは戻らず、そのまま豊橋に帰っている。幼い頃、長崎、東京、京城、松江、など転居を繰り返した丸山にとって故郷は、海を近くに感じられる空のあかるい豊橋であったようだ。

春山行夫は、名古屋の主税町に生まれ、詩誌『青騎士』で活躍したあと、二十二才の時に震災後一年たった東京に出ている。都会暮らしの好きなモダンな青年にとって、いわゆる故郷は肉親たちのいる田舎にすぎなかった。

金子光晴は、津島の生まれだが、名古屋に引越したのちに養子となりこの地を離れている。彼の中には生涯にわたり、自らの拠り所である故郷をなぜか人一倍拒否する気持ちが強い。故国日本にさえ疎外感を抱いていた詩人である。この故郷と詩人たちとの関係は、微妙に詩や思想にも影響をあたえている。故郷の受容、拒否、離反の関係の位相は、なにがしかその詩人の詩的性格を形作っている。

また、明治、大正、昭和と生き抜いた三人の詩人にとって、激動する時代がもたらした紆余曲折の変化こそ動かし難い生そのものでもあったであろう。西欧社会とのタイムラグはあるものの、伝統的社会が壊れかけその終焉を前にして、新たな価値観にもとづいた近代社会の文化的奔流のただ中に三人の詩人たちはいた。

春山行夫が、昭和三年九月に創刊した季刊詩誌『詩と詩論』は、二十世紀欧米のモダニズム文学の翻訳や紹介をとおして、当時の新思潮である未来派やダダイズム、フォルマリズムやシュルレアリスム、新即物主義などの情報をエネルギッシュに発信した。同時にその新しい詩精神を新たな物指しにして、大正期の「旧詩壇」を「無詩学」と弾劾し追放したのである。その結果、感情流露や韻から離れて、知性による清新なイメージを中心にした詩をめざすことになる。丸山薫も、一時期、『詩と詩論』の同人であった。このあたりの源流の形成は、いわゆる「現代詩」と深くかかわっている。その後、丸山が、堀辰雄、三好達治と三人で戦時体制下に創刊した、日本の抒情の伝統に根ざした月刊『四季』の母胎もその源流にあると言って良い。

金子光晴は、春山が『詩と詩論』を創刊した時期に、アナーキズムの哲学青年と恋に落ちた妻三千代と一緒に、その恋仲を引き裂くためにパリをめざした長い無銭の放浪の旅に出ている。そのため当時の日本の詩壇事情など念頭になかった。足かけ五年という放浪生活の後に日本に帰った頃は、なんの予備知識もない『四季』派の詩人たちの全盛期であったと言う。民衆詩派の興隆期に詩人として出発した金子にとって、狐につままれたような世界だったに違いない。ただ、金子は、二回にわたる海外放浪の中で、パルナシアンやフランス象徴詩以後の新しい芸術思潮にも触れてはいる。シュルレアリスムについても詩人デスノスから薫陶を受け知ってはいた。金子をモダニストと位置づけるのはあまりに規格外過ぎて違和感があるが、要件としては兼ね備えている。

昭和の初期に、欧米の輸入文化として移植されたモダニズムは、日本の第二次文芸復興を思わせる熱気とあわせて空虚さも孕んでいた。このモダニズムに、三人の詩人たちは、三者三様の対応をしている。春山行夫は、絶えず「新しさ」を追求するモダニズムの旗手として、洗練されたジャーナリスティックなセンスを生かし新しい詩の変革を試みている。丸山薫は、俯瞰する孤独な夢想家として「現実」と抗い、イデアとの一体を希求しながら、知性に制御された清新でイメージ豊かな詩を創作している。金子光晴は、中国、東南アジア、ヨーロッパとその日の食いぶちを求める放浪生活の中、底辺で暮らす民衆の悲惨さと苛酷さを生きることで、「人間の悲哀と空虚と闇」と「猥雑な生」を社会的現実の腐臭の中にかぎ取っている。彼は、

「装飾」や「意匠」を取り払い、私的怨念を軸として「創造的虚無」に身を置いていた。

個人的な嗜好や好悪の感情に関係なく、無意識のうちにモダニズムは作品や生活をとおして、共有する言語共同体の中に浸透している。遠望すれば、三好達治や谷川俊太郎その向こうに荒川洋治の水脈も見えてくる。

年譜

丸山薫（一八九九〜一九七四）

明治三十二年（一八九九）六月八日、大分県荷揚町（現、府内町三丁目）に生れる。父重俊、母タケの四男。重俊が国の官吏であったため、その転任にともなって薫は幼い頃から長崎、東京、朝鮮京城、島根などを転々とする住居の定まらない生活を送った。

明治四十四年（一九一一）、父が死去。母方の祖父の里、愛知県豊橋市に転居する。

大正六年（一九一七）、海への強いあこがれから船員になろうと決心し、母の反対を押しきって東京高等商船学校に入学したが、病気等のため退学、挫折を味わう。その後、第三高等学校文科丙類をへて、東京帝国大学国文科入学したが、昭和三年（一九二八）に中退する。この年に創刊された『詩と詩論』を中心とする新詩精神の影響を受ける。昭和七年（一九三二）十二月、処女詩集『帆・ランプ・鷗』を刊行し詩壇に清新な息吹きをもたらした。

昭和九年（一九三四）十月、堀辰雄、三好達治と三人で、詩誌『四季』を創刊しおよそ九年にわたり活躍した。

昭和二十年（一九四五）五月、東京で戦災を受け、山形県西山村岩根沢に疎開し、岩根沢小学校で教鞭をとる。この北国に三年間滞在し、豊橋市に移り、愛知大学文学部の教授になる。昭和三十七年（一九六二）には、中日詩人会が発足し会長となる。

著書に、詩集『鶴の葬式』、『幼年』、『一日集』、『物象詩集』、『涙した神』、『点鐘鳴るところ』、『北国』、『仙境』、『花の芯』、『青春不在』、『連れ去られた海』、小説集に『蝙蝠館』などがある。

春山行夫（一九〇二〜一九九四）

明治三十五年（一九〇二）七月一日、名古屋市東区主税町四丁目二番地で生れる。父辰次郎（後に宗助と改名）、母ミツの三男の末子。本名は市橋渉。維新後、父親は名古屋の輸出陶器の絵付けの草分けの一人になり、画期的な特許をとり小工場を経営していた。大正五年（一九一六）名古屋市立商業に入学したが、父が胃潰瘍で入院したため、学校を退いて家業を引き受ける。夜は私立名古屋英語学校に通った。大正十一年（一九二二）に、井口蕉花、佐藤一英らと詩誌『青騎士』を創刊する。

大正十三年（一九二四）七月、第一詩集『月の出る町』を出版し、十月に上京する。

昭和三年（一九二八）に教育図書出版の厚生閣書店に百田宗治の紹介で入社。九月にはその書店から、季刊詩誌『詩と詩論』を北川冬彦、安西冬衛、上田敏雄、近藤東、竹中郁、三好達治ら十一名で創刊する。昭和七年に『文学』と改題し、増刊とあわせ二十二冊を編集し発行した。当時の欧米の新しい文芸思潮の影響を受け、日本の詩の「革新」をめざした前衛の季刊雑誌としての役割を果たした。いわば「現代詩」のひとつの源流を形成した。

著書に、詩集『植物の断面』、『シルク&ミルク』、『花花』、文芸評論に、『詩の研究』、『ジョイス中心の文学運動』、『文芸評論』、『二十世紀英文学の新運動』、『新しき詩論』、随筆では、『楡のパイプを口にして』、『満洲風物詩』、『台湾風物詩』、『季節の手帖』、『花の文化史』、『食卓の文化史』、『詩人の手帖』、『花ことば』、『西洋広告文化史』などがある。

金子光晴（一八九五〜一九七五）

明治二十八年（一八九五）十二月二十五日、愛知県海東郡越治村（現、津島市下切町）に、大鹿和吉、りゃうの三男として生まれる。本名、安和。大鹿家は、代々「林蔵」を名乗り米屋、酒屋を生業とした大店であった。そこから分家し酒屋と廻船問屋を営んでいた実父和吉が、事業に失敗。建設業清水組名古屋支店長金子荘太郎、妻須美の養子となる。

大正三年（一九一四）三月、暁星中学校を卒業し、早稲田大学高等予科文科に入学するが退学。東京美術学校日本画科、慶応義塾大学文学部予科のいずれも中退。

大正八年（一九一九）の第一回の外遊の後に詩集『こがね蟲』を、二回目の五年にわたる放浪を経て詩集『鮫』を刊行。戦時色を強める時代に、植民地政策や軍国主義、さらには日本の封建性を痛烈に批判。所謂「反戦」や「抵抗」の詩を書き続けた。

著書に、詩集『水の流浪』、『落下傘』、『蛾』、『女たちへのエレジー』、『鬼の児の唄』、『人間の悲劇』、紀行文『マレー蘭印紀行』、自伝『詩人』、『どくろ杯』、『ねむれ巴里』、『西ひがし』、小説『風流尸解記』などがある。

あとがき

日本の「現代詩」は混迷を深めている。それは単なる詩の難易度から生じる読者離れの問題ではない。高度情報化社会の中で、豊かな人間感情の層の喪失や劣化により知の貧困が進み、「現実」と「言葉」のバランスが取りにくくなっているためかも知れない。そのためか、詩の意匠の流行はあっても、実際には詩の「反復」と「停滞」が目につく。

「現代詩」は、その流れを遡《さかのぼ》れば、昭和初期の日本のモダニズム運動の源流に突き当たるような気がする。勿論、モダニズムは単に時代区分を指すものではない。新しく生まれたライフスタイルなど、現代の人びとの物の感じ方や考え方に敏感である詩人や芸術家たちが、そこに価値を認めることで生まれる新たな創造活動である。そのことにより伝統を更新してゆく「エナジー」でもあるだろう。

プレ・モダンとモダンが入り混じった不安定な昭和の初期に、三人の詩人たちのモダニズムとの付きあい方の違いはそれぞれ興味深いものがある。その『モダニズムの遠景』を素描してみることで、これから先の「現代詩」のあり方を少しでも見とおすことができればというささやかな試みである。またそれは、消費社会のポスト・モダン以前の詩の論考でもある。

「丸山薫　素描」と「春山行夫　覚書」は、詩誌『αρχη（アルケー）』の創刊号から第九号までに連載したものである。また、「金子光晴　放浪する詩魂」についても、同誌の第十二号から連載中である。掲載するたびに、同人の寺尾進さんからは、適切な助言をいただき感謝している。装幀は、紙を主な素材とする造形作家・宮下香代さんの作品をもとに、正木なおさんには創案を、藤本康一さんには写真、デザインにたずさわっていただいた。

また、詩人で文芸評論家である北川透さんに的確で味わい深い帯文を書いていただき、大変有難く思っています。

出版に際しては、思潮社の小田久郎さんや小田康之さんに大変お世話になりました。心からお礼を申しあげます。

中原　秀雪

二〇一七年　棚機月

中原秀雪（なかはら　ひでゆき）

一九五〇年　山形県生まれ。郷里の広島県呉市で育つ　現在は名古屋市在住。
詩誌「炎」「砂嘴」「地球」「環」同人を経て、詩誌「αρχη（アルケー）」主宰。

著書
詩集『祝婚歌』（書肆季節社　一九七五年）
詩集『瀬戸内海』（みもざ書房　一九九五年）
詩集『星のいちばん新鮮な駅で』（思潮社　二〇〇五年）
教育エッセイ集『レンゲ畑に寝ころんで』（みもざ書房　一九八五年）
エッセイ集『光を旅する言葉』（コールサック社　二〇一〇年）
評論集『モダニズムの遠景』（思潮社　二〇一七年）

所属
日本現代詩人会　日本詩人クラブ　中日詩人会会員　日本現代詩歌文学館評議員

現住所
〒　四五五-〇八八二　名古屋市港区小賀須三―一五一〇

モダニズムの遠景《えんけい》——現代詩のルーツを探る

著者
中原秀雪《なかはらひでゆき》

発行者
小田久郎

発行所
株式会社思潮社
〒一六二—〇八四二　東京都新宿区市谷砂土原町三—十五
電話〇三（三二六七）八一五三（営業）・八一四一（編集）
FAX〇三（三二六七）八一四二

印刷所
創栄図書印刷株式会社

製本所
小高製本工業株式会社

発行日
二〇一七年十一月三十日